幻燈記

ソコ湖黒塚洋菓子店

文と絵
榎本了壱

而立書房

装丁・挿画　榎本了壱
デザイン　坂口真理子

セルロイドフィルムが　カタカタ回って映し出す
明滅幻燈機のあやかし譚　奇想迷宮異界の十七篇

幻燈記

ソコ湖黒塚洋菓子店

目次

ソコ湖黒塚洋菓子店

ソコ湖は、逆円錐形《ぎゃくえんすいけい》の地形の基層《きそう》にある。地底深度としては300メートルほど、100階建てのビルに囲まれた巨大な井戸を想像して欲しい。あるいは異形《いぎょう》の滝壺と考えてもらってもいいだろう。といってもそんな高層のビルが立ち並んでいるわけではなく、円環螺旋《えんかんらせん》に建ち並ぶややキテレツな建物の連結によって通路は確保され、そのあわいを縫うように夥《おびただ》しい地下湧水の瀧川が、勢いよくソコ湖に流れ注いでいる。ここが瀧街《たきまち》と呼ばれる所以《ゆえん》でもある。この大量の流水にもソコ湖の水位が上がることがないのは、そのほぼ中程に肛門のようなレイクホールがあるからだ。ソコ湖に流入した水はおおよその湖の穴に落下吸収されてしまうのである。果たしてその奥に、どれほど大きな空洞があるのか誰も知らない。

瀧街の人々はソコ湖で水遊びしたりはするものの、決して中程にある湖穴《こけつ》には近づこうとはしない。ここに入るのは故人ばかりで、棺舟《かんぶね》に乗せられてレイクホールに送り出される水葬儀を、この街では湖穴斎事《こけつさいじ》と呼んでいる。だから瀧街には墓地がない。レイクホールの深層にはもう一つの逆宇宙があって、そこが瀧街住民にとっての来世とされていた。棺舟が湖穴に滑り込み落下していくその瞬間、それは逆宇宙への上昇と切り替わり、昇天となる。そこにはこの街の何百倍もの先人たちが住んでいるという、壮大な冥界湖郷《めいかいこきょう》なのである。

瀧街は、他地域の生活とそう変わることもない。ましてや崖ヤギのように爪先立って断崖に棲息しているわけでもない。日常は落瀧音《らくりゅうおん》と噴水煙を遮断する、防音防水の完備した建物が連結する中で生活しているわけだから、極めて快適であり、太陽光線は街中に設置されたリフレクション装置によって充分に循環している。それより何より瀧川の落下する水力で発電産業を興《おこ》しているから、瀧街住民は不労にして大きな収入を得ているのである。ほとんど誰も働かない。そういう意味ではすでにこの瀧街も、あの世に限りなく近似である。食事をする、散歩やスポーツをする、テレビを見る、ゲームをする、ネットを見る、

メールを出す、映画や演劇、美術を鑑賞する、ショッピングをする、歓談する、性交する、排泄する、風呂に入る、睡眠をとる、といったルーティンで一日はなんなく終わってしまう。

十分に生活感があるから何の問題もない。それでももっと何かしたいという人だけが、アクティビティとして労働をする。考えてみれば、家事も、子育ても、労働ではある。しかしこの瀧街の人々はそれを自らがやる場合は、アクティビティと考える。生活のために金品を稼ぎ出す行為ではないから、そうかも知れない。労働者ではなく活動者なのである。あるいは奉仕者なのかも知れない。しかしこの瀧街にも、この街区を維持するだけでも膨大な労働力が必要とされているはずである。しかしそんなことは、崖ヤギがみんな肩代わりしてくれているように、まるで不問に付されている。さてこの瀧街が本当に日常生活機能を果たしているのかと疑うほどである。

ソコ湖黒塚洋菓子店は、ソコ湖の湖畔にあった。黒塚緒似女《くろづかおにじょ》という83歳になる老婆が珍しく経営する洋菓子店である。いやこれも、美味しいお菓子を住民に提供するアクティビティといってもよかった。

ソコ湖畔は、冥界《めいかい》を臨《のぞ》んでいるという点で極めてスピリチュアルな街区であり、瀧街においても異景を展じる特別な聖域でもあった。ここには等間隔に植えられた瀧の樹と呼ばれる枝垂《しだ》れ桜が、一年中を薄墨色の花をつけて咲き誇る、常春《とこはる》の景観を調《ととの》えていた。つまり季節が変わらないということは、時間が停止しているということであり、この定理から、不変不動の天上界を象徴する、不思議町といってもいい様相を呈している。

ヘンゼルとグレーテルがソコ湖畔にやって来たのも、ここにさえ来ればなんとかなるという漠然とした望みを持っていたからだった。継母《ままはは》の食事ハラスメントが激しくて、ろくに食事も与えてもらえなかったものだから、兄妹手を取って家出をして、たまたま見つけたお菓子屋に潜り込んだのが、ソコ湖黒塚洋菓子店だった。空腹だったし、いい匂いを立てている洋菓子屋に潜り込むのに、なんの躊躇《ちゅうちょ》もなかった。

お客かと思って店に出た黒塚さんは、しばらくもじもじしていた二人が助けを乞うに及んでことを理解する。二人はあまりに痩《や》せていたからだ。事情を知った黒塚さんは大いに心配して、ひとまず二人には自慢のチーズケーキを振る舞い、身柄を預かることにした。ヘンゼルとグレーテルは店先で抱き合って喜んだ。しばらくして黒塚さんは、どうせならと店の手伝いをさせて、二人を元通りに肥《ふと》らせたてやりたいと考えるのだった。それからは、兄妹は小学校の給食の時間みたいに、首から大きなエプロンをかけ、三角巾《さんかくきん》を髪に巻いて、生クリームをホイップしたり、シュークリームを焼いたりすることに熱中し始めた。二人は驚くほど器用に作業するので、黒塚さんはとても助かったし大喜びだった。作りたてのお菓子のいい匂いに二人の笑顔も戻り、働くということをとにかく楽しく感じるようにもなっていった。

ということで、黒塚お婆さんは、ヘンゼルとグレーテルのお菓子の先生でもあった。黒塚さんは若い頃、フランスのお菓子工房に修行に行っていたというので、お店に出しているお菓子は全てフランス式のお菓子である。チーズケーキなどとは言わず、ちゃんとフランス語で、ガトー・オ・フロマージュと言うし、シュークリームは、シュー・ア・ラ・クレムなのだ。

「あなた、シュークリームなんて言ってご覧なさい、靴クリームと間違われてしまうわよ。ガトー・オ・フロマージュは、本来フランスのお菓子ではないけど、これは私のオリジネールなの」

黒塚さんのケーキは、プライドを持ったパティシエの作品なのである。だから店の看板にも確かに「La Pâtisserie Kurozuka de Lac Soco」と書かれてある。お爺さんがドイツ人だったヘンゼルとグレーテルは、ドイツ語はなんとか理解出来たが、フランス語は何にも解からない。黒塚さんのケーキはフランス語で出来ていた。

ソコ湖畔でお菓子を作り、お店でそれを売る黒塚さんは、余程ソコ湖が好きなのか、少しでも暇が出来るとレジの椅子に座って、じっとソコ湖を見つめている。何かとてもいい思い出でもあるように。

それから日課として朝が来ると、ヘンゼルとグレーテルは体重計に乗せられた。すっかり痩せていた二人が心配で、黒塚さんが毎日厳しくチェックをするのだった。

「さあさあお乗り、今日は何キロになったかな？」

嬉しそうに計測メーターを覗きます。けれどもガトー・オ・フロマージュばかりか他のお菓子も美味しいし、黒塚お婆さんの作る食事も絶品だった。二人はどんどん肥りだし、しばらくするとすっかりメタボ状態になってしまった。

「肥ったヘンゼルとグレーテルなんて、お話にもならないわ」

と、グレーテルがゴネた。ヘンゼルも出っ張り出したお腹を撫でながら、

「これはヤバイね、なんとかしなくちゃ、僕らは生クリームの雪だるまになってしまうよ」

そこで二人は密かにダイエット作戦を考えて、夜になると瀧川の一つのサザレ川に行ってはストレッチ運動をして、小石をポケットいっぱいに詰め込んで帰り、朝にはそのまま体重計に乗ることにした。


でも黒塚さんの体重計は最新式だったから、体脂肪率や、血中酸素濃度や、心拍数までも、測定することが出来た。それどころか身体年齢まで計測出来た。不思議なことにヘンゼルとグレーテルがなぜか２２０歳を超えてしまうので、黒塚お婆さんはそのことだけには訝《いぶか》っていた。

「どうしたことだろうね、この計測器は最新式のものなのに、なぜか身体年齢だけはいい加減だね」

それもそのはず、二人は１８１２年にはすでにグリム家に生まれていたのだから、計測器は極めて正確だったのだ。それにしても前近代的なお伽話では、二人の企みに気づかな

いお菓子の家の魔女が、指だと思って小枝を触《さわ》っては、その肥り具合を観察していたけれど、黒塚さんはすぐに二人のポケットの中の小石を探り当ててしまった。

「おや、まああなたたち、なんで石ころなんぞをポケットにお入れかい。身体年齢の計測が狂っていたのは、きっとこの石のせいだわ」

と、丁寧に諭《さと》します。するとヘンゼルが、

「お婆さま、これはね、サザレ川にある珍しい石でね、磨くととても光るんですよ。この石を透かして世界を見ると、とんでもなく遠い先までが見えて、それに隠されている本当の姿がはっきりと見えるんですって。だから大事に幾つもポケットに入れているんです」

「ほらね、こんなに磨いてずいぶん先が見えるようになってきたわ」

と、グレーテルがピカピカ光る石を目の前にかざします。しかしそれはサザレ川の小石ではなく、以前から持っていたグレーテルのガラス玉でした。

「あらあらそんなこと少しも知らなかった。それでその石で、私の未来を覗くおつもりかね。老い先短い私の未来が見えるのかね」

「きっと、見えますとも、見えますとも」

「おやまあ困ったね。それでどんな未来なのかね」

「それはね、それは・・・」

押し問答している間に、黒塚さんは何かの危機感でも察知したのか、いきなり魔術を使ってビシリッとグレーテルのガラス玉の中に入り込んでしまった。やっぱり魔法使いだったのだ。そしてビリリッと電気を発すると、グレーテルの指からガラス玉は離れて、ソコ湖の方に飛び出した。そのガラス玉は膨張しながら煌々《こうこう》と光って、ソコ湖の上空をゆっくりと旋回し始めたのだ。

「よくも見当てたものだね、私がこのソコ湖の番人であることを。賢い兄妹とは思っていたけれど、よくぞ私をお見通しだ。そう私はソコ湖のレイクホール冥界管理人なのさ。毎日誰が棺舟で来世に流れて行くか、きちんと記録しなくてはならないから、そのために湖畔でお菓子屋をなりわいとしながら、レイクホールを監視しているんだよ。そして時々こうして湖穴に入っては、来世の人を湖上に招いて盆パーティをやっているのさ、これが私のアクティビティだよ。見ていてごらん一大ページジェントになるよ、これからすごい人数の来世人が、レイクホールから噴き出て来るから」

小さな宇宙船ほどにも膨張した光るガラス玉がレイクホールに呑み込まれると、湖上はみるみる閃光《せんこう》に輝き出し壮大な音楽が鳴り響き出した。

ヘンゼルとグレーテルは、お父さんと継母の４人で出かけた瀧街シネコンで、自分たちと黒塚お婆さんが登場する「ソコ湖黒塚洋菓子店」という奇妙な映画を、ポプコーンとコーラを飲みながら見入っている。

モモドリと宇宙卵《うちゅうたまご》

ガロウ公園は、トーゲン軽便鉄道《けいべんてつどう》のゴキン駅から、トーゲン川沿いの細い桃林《とうりん》を潜《くぐ》るようにして歩いた十分ほどのところにある。このトーゲン軽便鉄道というのがちょっとおかしな仕様のもので、レールが三本敷かれている。誰がどう考案したのか、トーゲン郷土研究史にはそのいきさつがしっかり書かれているのだけれど、もちろんそんな書物をキヨ彦が読むわけもない。彼はまだ十二歳の少年なのだ。

だからといって、このことを素通りして話が先に進んでしまったら、あとあと三本レールの軽便鉄道が気になってしかたないだろう。とはいっても、物語の始まりたてに、このレールの話を散々するのもどういうものか。やっぱりこのことは機会を見て、話すべき時がきたらしっかりと説明することにしよう。私たちはキヨ彦と一緒に目的のガロウ公園に向かうことにする。だって物語はそこから始まるのだから。

キヨ彦はトーゲン川沿いの桃林のたわわになった桃の香りに、顔をのけぞらすような奇妙な姿勢で歩いている。小径《こみち》にせり出した桃の木の根になんどもつまずきながら、それでも五十も、七十も太った桃の実を数えて歩いている。すると何かまあるい滑るものを踏んで、思わずこけそうになった。それは小径に落ちた大きな桃の実だった。見れば桃の実は小径に十も二十も落ちている。なあんだと思って尻の少し黄色い桃を拾い上げて、産毛《うぶげ》の生えたビロードのような皮を撫でながら、桃の実に齧《かじ》りつこうとすると、「ふふふ」とビロードの奥から柔らかい小さな笑い声がした。

あれれっと思って思わずビロードの桃に耳に当てると、「ふふふ」とやっぱり笑っている。

「何がおかしいのさ」

とキヨ彦が桃に問いかけると、

「食べると大変なことになるよ。まあ、もう私を手に取ってしまったから、食べなくたって、きっと大変なことになってしまうよ」

キョ彦はぽとりとビロード桃を小径に落とした。桃の実はまるでエンジンがあるみたいにひとりでコロコロ転がって、トーゲン川に吸い込まれるように消えた。

「ふーん、桃の実の話すのを初めて聞いたけど、若い女の人のような声だったな。桃の実には女の実や男の実があるのだろうか。でも、大変なことってなんだろう」

キョ彦は小径に落ちている他の桃の実を拾ってその話をただそうとすると、桃の実たちは一斉にトーゲン川に転がり落ちて行ってしまう。その代わり桃の香りが小径いっぱいに桃色にふくらんだ。キョ彦はなんだかそれですっかり満足して、

「ああきっと、桃の実たちは僕が転ばないように、歓待してくれているのさ」

と勝手に陽気に判断するのだった。

トーゲン川を渡る丸橋を越えると、ガロウ公園はじきにその門の姿を現した。大きな岩戸のようなゲートの上に、鵞鳥《がちょう》の入った籠《かご》が飾られている円洞門《えんとうもん》。それが「ガロウ」であることをキョ彦は理解するわけもない。六朝時代《りくちょうじだい》、梁《りょう》の詩人呉均《ごきん》の書いた『続斉諧記《ぞくせいかいき》』にあるお話が、この公園のテーマになっているのだけれど、今ではそんなことを訪ねる人は誰も忘れてしまっている。

ガロウ公園に入るには、ちょっとだけ約束事があった。それは一人で公園に行くこと。他の来園者には決して話しかけてはいけないこと。全く無視してそれぞれの存在に集中することだった。皆さんもすでに、キョ彦がゴキン駅を出たところから、誰にも出会っていないことにお気づきだろう。それはキョ彦がしっかりとその約束を守っていたからなのだ。そう、ガロウ公園は、「我牢公園」ともいわれていて、一人ぼっちで世界を歩いてみる、そんな経験をする公園なのである。すべての出来事は、自分の想像力で出来上がる仮想宇宙なのだ。キョ彦がガロウ公園に向かった理由は、それも、三本レールの軽便鉄道の後にでも紹介しようと思う。しかしそれはほかでもなくお祭しのように、キョ彦こそある想像力が生んだ十二歳の少年、ガロウ公園を訪ねるために生まれてきた仮想体なのである。

ガロウ公園にはトーゲン川の小さな支流が流れている。支流といってもそここそがトーゲン川の源流に至る、最重要流域なのであるが。その細い緩《ゆる》やかな流れの中に一人乗りの瓢箪型《ひょうたんがた》のカヤックが岸に繋《つな》がれている。トーゲンに至るにはこの川をゆるゆると遡《さかのぼ》り、小腸のような狭い洞窟を潜らなくてはならない。その先にキョ彦のトーゲンが待ち構えている。籠に入った鷲鳥が出て来るかも知れないし、真っ暗闇の洞窟が続くやも知れない。このトンネル装置こそトーゲンに至るブラックホールのようなもの、失敗すると出口もない終わりの入り口にもなる。

キョ彦は乗ったこともないカヤックにわけもなく乗り込むことが出来た。まるで自分にない力が誰かに支えられて、簡単に実現しているようなのだ。すると左舷《さげん》から透明な天蓋《てんがい》がスルッと立ち上がって、カヤックは小さな潜水艦のようなものになった。キョ彦が両舷から突き出る鳥の装飾のついたオールを握りしめると、どこかに仕組まれたマイクロスピーカーから、操縦法のチュートリアルのようなものが聞こえてくる。

「概《おおむ》ね瓢箪は双卵《そうらん》の宇宙器《うちゅうき》にして、宇宙創成瞬時の形態を全宇宙誌に止《とど》めるべく、凡庸平易《ぼんようへいい》な植物生態として保存され選ばれしものなり。故に人類は概ねその創意を忘れるも、その起源は不滅なり。瓢箪こそ宇宙であり、その原器《げんき》となす」

キョ彦にはなにを言われているのかさっぱりわからない。それでも緩やかに見えた川を遡って行くために、キョ彦はずいぶん力を出さなくてはいけないことを知る。思い通り以上にいくことや、思い通りにいかないことや、キョ彦はいつものような自分をそこにも発見するのだ。カヤックはゆっくりと暗い洞窟に侵入して行った。潜水艦機能があるのであれば、多少の転覆にも生命の別条はないだろう。けれども行先が見えない心細さを感じた時、洞窟の先にクリスマスツリーのような賑《にぎ》やかな灯りが見え出した。ホッとすると灯りはますます明るくなり、眩《まぶ》しくなったので、キョ彦は胸ポケットにさしていたサングラスをかけると、世界があっという間に真っ暗になる。さて、サングラスを外そうとすると、キョ彦の顔にサングラスはない。しばらく真っ暗闇の洞窟をこぎ出さなくてはならなかった。オールをかく水音だけがした。それは優しい音に聞こえた。キョ彦はオールをかきながら、自動操縦のパイロットのように眠った。

（この暗黒こそ、来園者がいかなる想像力でその宇宙誌を描き出してゆくか、まさに用意された漆黒の無限キャンバスなのだ。光と色と形とをいかに構成していくかで、その宇宙への好奇心は絶大に評価が変わる。もちろん言葉や意味や、感激や懊悩《おうのう》までひっくるめて宇宙の奥行き、パースペクティヴを表現していく。ということは、私たちはこれから十二歳のキョ彦の想像宇宙に一緒に潜り込んで行くことになるわけだ）

キョ彦は奇妙な鳥の鳴き声に覚醒した。庭園の中の瓢箪池にいた。庭園こそ宇宙の比喩《ひゆ》であり、模型でもある。フェイク宇宙といってもいいだろう。誰かがカヤックに小さなスクリューでも取り付けてくれたのではと思って、カヤックの船尾を見たが、濡れたオールが横たわっているだけだった。天蓋を開けた。オールに彫り込まれた鳥の姿が消えていた。瓢箪池にはたわわに実をつけた桃の木が、池面に向かって覆い被さるように並んでいる。上を見るとまあるい空が二つ、瓢箪池のふたつの中心の上に輝いている。池面もその下だけが激しく白い。と、「ふふふ」と桃の実の声がした。

「やっとたどり着いたね。いえいえ、案外簡単にここまでやって来てしまった。きみはずいぶん眠るのが得意のようだね。病人が麻酔で眠っている間に、とんでもない手術が終わってしまうみたいに、きみが眠っている時に、実はとんでもないことがあったんだよ。それを覚えてないというのは、なんてもったいないことだろう」

「それは、いいことだったの?」

「さあね、きみにとっては悪いことだったかも知れない。でも、それを知っておくのは、いいことだったかも知れないよ」

「試練みたいな」

「おやまあ、ずいぶんとむずかしい言葉をお知りだね」

「試験の試に、練習の練でしょ。漢字もかけるし、学校でならったことだよ」

「おやまあ」

と、声のする方に目をやると、桃の実のひとつがバーッと翼を広げてギャーと啼《な》いた。すると枝中の桃の実や、池面に浮かんでいる桃の実までが、一斉にギャーと啼いて翼を広げたのだ。キヨ彦が桃の実だと思っていたのは、まあるく翼にうずくまるたくさんのモモドリの姿なのだった。

「どうりで、桃の実が話すわけもないと思っていたけれど、でもモモドリだってこんなにうまく話が出来るというのも、妙なことだね。これはきっと僕の想像力の現れなのだろう」

と考えていると、モモドリたちは一瞬の鳴き声の後、もとの桃の実の姿に戻っていた。桃の実の声も聞こえなくなった。

「ふーむ、鋭い想像力はすぐ否定される。でもささやかな想像力くらい退屈なものはないよ」

とキョ彦は思った。

「まあそんなに落胆なさるな、少年よ。ここまで来て、何にも起こらなかったら、なんてつまらない公園だろうと、きっと帰ってから悪口を言うに違いない。それではここのスタッフとしての私のプライドが許さないからね」

「モモドリさん？」

「そう呼んでもいいし、そうじゃないかも知れない」

「じゃあ誰さ？」

「モモドリだよ。わかっているじゃないか。そう呼ばれた時から、私はモモドリだよ」

「でもその前は、桃の実さんでしょ」

「そうかも知れないけど、私にとって記憶とか過去というものは、大した価値がない」

「価値はどうでもいいのさ、それがホントかどうかということ」

「ホントでなくてもいいのさ、ウソの方がうんと美しいことだってある。ホントって美しくないことの方が多いよ。辛いことばっかりだよ。私はウソの方が好きだね」

「そう言っていることはホントのことでしょ？」

「さあね、ウソかも知れない。ホントばかりを信じていると、つまらない人生になる」

「生きてることがホントなら、つまらなくったって僕は平気だよ」

「誰に教わったんだい！　そんなくだらない哲学を！」

「モモドリさんも怒っているときはホントなんでしょ」

「だから、怒るって辛くて、くだらないじゃないか！　ふふふ」

「ウソ笑い？」

「ウソ笑いは、ホントだよ。騙《だま》そうとするホント」

「僕はウソがうまくない」

「そのうちうまくなるさ」

「だって勉強はみんなホントのことを教えるよ」

「そんなホントを信じていたら、ろくなことにならないよ！」

モモドリはますます激昂《げきこう》する。ホントに怒り出しそうになる。


こんな癇癪《かんしゃく》持ちの鳥を、どこかの本で読んだような気がした。僕が考えていることは、みんなどこかで体験したことなのだろうか。みんなに教わったことを生きているだけじゃないだろうか。

「ＤＮＡってあるだろう、すでに生まれる前から刷り込まれている記憶、そこから私たちは抜け出すことが出来ない」

モモドリが静かに答える。

「やっぱり記憶じゃない」

「だから私は記憶というのが嫌いなのさ」

「でも、記憶がなければ話をすることも出来ないよ。言葉は全部記憶だし、スマホで写真を撮るのも、みんな記憶が好きだからじゃない」

「やな子だね、私がスマホなんて持ってないの知ってるでしょ！」

「持てばきっと写真を撮るよ。そうしておけば、忘れたことをいくらでも思い出せるんだ」

「そんなものがあるから、どんどん忘れっぽくなるのさ」

「たくさん写真を撮っておけば、きっと重要な記憶になるよ」

「そんなことが重要なのかい？」

「じゃあ何が重要なの？」

「ウソをつくことさ、美しいウソを」

「さて、でも、せっかくここに来たきみにひとつだけ、ホントのことを教えてあげようか。土産話のひとつもなければ、来たかいもないだろうからね」

「やっぱりウソの話なんでしょ」

「疑《うたぐ》り深い子だね。いや、私を信じなくてもいいけど、聞きたいかい？」

「聞きたいよ。モモドリさんから聞いた話として自慢できるかも知れないし。でもガロウ公園で、モモドリさんと話していると、論争しているみたいだし、やっぱり少し緊張した。モモドリさんは怒る寸前まできたしね」

「いやいや私は楽しかったよ。きみが少年のくせに変に賢かったからね」

「ありがとう」

「ビッグバンって知っているだろう？」

「知ってるよ。宇宙が出来る時の最初の大爆発だよ」

「そうだね。やっぱり賢い子だ。じゃあ、何が爆発したんだい？」

「今の宇宙になる前のどこかにすごい熱の塊《かたまり》が出来て、それが爆発した」

「うーむ、そうだよね。でもそうじゃない。宇宙はそんな面白くないいい加減な生まれ方をしていない。そうじゃないかい？」

「それで？」

「きみはどこから生まれたんだい？」

「お母さんのお腹の中から出てきた」

「そうだ、お母さんのお腹の中の柔らかい卵の袋の中で十ヶ月も眠っていた。私も少し固い卵の中にじっとしていた。シロナガスクジラだって、きみと同じように母クジラの胎生として育つ。ハマダラ蚊だってそうだ。小さな卵で水の中に浮かんでいる。地球上の生命は一旦卵の中に入ってから出てくる。桃だって林檎《りんご》だって種という卵の中にいる。宇宙だってそうだよ。宇宙卵というのがあって、その中で育ってくる」

「宇宙卵？　それならカヤックに乗る時にそんな話を聞いたよ。瓢箪の中に入っている卵でしょ」

「そうだよ。宇宙は初め小さな瓢箪型をしていた。そこに入っていた二つの卵が順々に飛び出して、爆発したのさ。私たちは全て、宇宙卵のかけらなのだよ。このトーゲンの池が瓢箪型なのも、その名残なのさ」

「でも、あんな小さな瓢箪の出口から、卵なんて出られないでしょ？」

「きみだって、お母さんの小さな陰門から出て来た。全ての現象は、小さな出口から現れて来るのだよ」

「それじゃあ宇宙はふたつあるの？」

「ふたつどころか、数えられないほどあるよ。でもそれぞれがあんまり遠いい所にあるものだから、話をすることも出来ない」

「ふーん」

「だからまだ宇宙卵を、卵焼きにしたり、卵かけご飯にして食べたやつもいない。なんといっても貴重な卵だからね」

「そうだったら、きっとそうだね」

「見てみたいかい？」

「もちろんだよ、そんなものがあるんだったら」

モモドリは桃の枝からキヨ彦の手のところにひょいと飛び移ると、

「さあ手を広げて、今から私が宇宙卵を産むからしっかりと受け止めて！」

「えっ、モモドリさん、宇宙卵は瓢箪の中にあるんじゃないの？」

「バカだねきみも、そんなウソを信じて」

「だってウソが美しいと言ったのはモモドリさんだよ」

「だからね、みんなウソなのさ。なんだったら私はこれから、ヒョウタンドリになったっていいんだよ」

キョ彦は掌《てのひら》をゆっくりと広げながら、トーゲン川沿いの桃林でモモの実を手に取った時のことを思い出した。


キョ彦はトーゲン川沿いの桃林の小径をゴキン駅に向かって急いでいた。ずいぶんと空も暗くなって、帰りの軽便電車の時間が気になっていた。ふと気がつくと右の掌の中に何かまあるいものを握りしめている。顔の前で広げてみると、桃の実のような瓢箪型の小さな卵だった。

「モモドリさんのくれた宇宙卵？　ホントにくれたの？　ウソみたいに綺麗だ！」

それからキョ彦は宇宙卵をそっと耳に当ててみた。やっぱり、桃の実かモモドリさんかはわからないけど、「ふふふ」という、柔らかい小さな笑い声が聞こえてきた。

マイマイ宮の秘密

ヴェスヴィオ火山の噴火で飛び散った真っ赤な火山灰は、なんと大気圏外にまで達した。それは3光年の円周を描きながら、微《わず》かな地球の引力に引き寄せられつつ、ゆっくりと回遊し、静かに冷却沈殿して、その一部がここ瀧山山塊《たきやまさんき》の上空に、灰色の渦状に停滞いたしたのである。

西暦79年、噴火当時の記録によると、博物学者にして軍人の大プリニウスは、船を出してポンペイ市民を救おうとしたが、亜硫酸ガスを大量に吸引して、その場で化石のように固まってしまった。さて、この都市の守護神ウェヌスは性愛を讃美したが、火山灰の渦巻きにはいうまでもなく、媚薬《びやく》のようにその種子が隠されてあった。

そして２０００年がたった。

マイマイ宮が、いつの頃から瀧山山塊に根を下ろしたのかは定かではない。しかしヴェスヴィオ火山の火山灰を、明らかに察知してのことであることだけは、間違いないようだ。この移動し続ける後宮《こうぐう》こそ、いまだ逃げ続ける蝸牛王《かぎゅうおう》に課せられた、唯一のアイデンティティなのである。では蝸牛王は何から逃げ続けているのだろうか。マイマイ宮のその地下にいて、移動馬力を務める白ペガサス騎馬団は、海馬《かいば》にGPS機能を内蔵した特殊騎馬であるようだが、さらには、性愛の気圏をどのように察知しているのかまでは解明されていない。あるいは白ペガサス騎馬団の、白い排泄物にたかる片乳魚人《かたちちぎょじん》のフェロモンが、寓意的《ぐういてき》にその場所を定めているという指摘もあるようだが。現在に至ってもまだマイマイ宮はともかく留まることをせず、ヌルヌルと瀧山山塊の水域を逃げ続けているのである。

「わしは瀧池《たきいけ》に住む鰐《わに》のワニ蔵だワニ。今、マイマイ宮はここにいて、ギシギシと後宮を巻いたり解《ほど》いタリバン、戯《たわむ》れておるのかと思うような愚行を日々繰り返してオルガン。もともとこの瀧池は、わしらワニ族の居留地であったワニ。それが、蝸牛王がわがワニ族の卵で作ルンバ、朝食のスクランブルエッグが大好物デモン、夕餉《ゆうげ》には、わしらの肉と卵で溶いたワニ親子丼を所望《しょもう》スリランカ。ということでわしらワニ族は、絶滅の危機にさらされてオッペンハイマー。蝸牛王の長女のカラ姫が、「養殖」という奇策を上申いたしマッシュポテト。それでわしらは、喰われるワニと、喰われないワニとに選別されテトリン、老ワニのわしは生き延びることがデキシーランド。嬉しいのか悲しいのかわからナスカ。しかしわしらは所詮《しょせん》ワニだカラマーゾフ」

鰐のワニ蔵がなぜ語尾に奇妙な単語をくっつけるのかというと、瀧池からマイマイ宮の地下の図書館につながる回廊があって、ワニ蔵はよくその図書館に這入《はい》り込んでくる。この図書館は音読という昔ながらの読書法をいたしており、何十人という閲覧者《えつらんしゃ》が大声で音読しているのをうたた寝のビージーエムのように聴くに及んで、いつの間にか、文学やら、政治やら、地理やらの、脈絡もないボキャブラリーが、彼の脳内に付着してしまったのだ。それが痒《かゆ》くて痒くて、掻《か》き出すように披瀝《ひれき》してしまうらしい。彼の精一杯の衒学趣味《げんがくしゅみ》（ペダンチシズム）を笑うことは出来ない。ワニ蔵の好物はといえばもちろん、出雲風土記に登場する因幡《いなば》の白兎《しろうさぎ》。今日も巨顔舌台《きょがんぜつだい》からラパンブランが一羽供されてご満悦、これも

「養殖」の大恩恵なのである。

瀧山山塊にはその名の通り瀧が、千瀧とも、万瀧ともあるといわれているが、確かにそのおちこちの微弱荘厳な水落音と、白内障の視界のようにに薄ぼんやりとした水飛沫《みずひまつ》に覆われている。そこには光苔《ひかりごけ》を食するマダラ山羊の群れが、一日中食しては反芻《はんすう》し、咀嚼《そしゃく》し、嚥下《えんげ》すると、次は当然のように交尾である。妊娠すれば乳も出る。マイマイ宮の稚児《ちご》たちは、鰐の皮袋を背負いて山路沿いに散在する赤い家に登り、そこでマダラ山羊の乳を搾《しぼ》っては、夕暮れまでに帰って来る。光苔を食する山羊の乳は芳香甘露《ほうこうかんろ》、チーズにすればどんな芳醇《ほうじゅん》な葡萄酒《ぶどうしゅ》も、奇跡の喉越しになる。さらには今時流行りのジビエとして、野性味のある味覚も堪能出来るが、そのあとの微生物の大逆襲にのたうちまわり、嘔吐して絶命するものが出るに及んで、目岩にその切り刻んだ肉塊を乗せて天日干しし、山羊ジャーキーなる珍妙な食料に仕立てる工夫で凌《しの》いでいるのだ。食欲の執念は恐ろしいばかりである。

蝸牛王には、はてさて一体何人の王子、姫がいるのか想像もつかない。ひとまずここでは登場する三人の姫だけを紹介いたそう。便宜的に長女ということでカラ姫。蝸牛王一番の寵愛《ちょうあい》を受けている彼女は、虹色のマイマイの殻に自閉していることから、そう呼ばれている。そして大きなヤツデの葉で作った紙に、ぐるぐる巻きの詩を書き続けているのだ。詩が回転円状に描かれることがどんな目眩《めくるめ》きを創造するのかは、ひとまず読まないことには理解しかねるが、手っ取り早くいえば、言葉の尻取り。

「マイマイは生贄《いけにえ》のえんどう豆。雌鶏《めんどり》こそリマインドな泥人形のウロボラスです。隙間や曼珠沙華の幻燈機で奇跡の金木犀《きんもくせい》は意地悪になる。ルーマニアのアポはポエトとトーテンポールはルージュのジュテームにムンクのクラブ。ブクブククリオネのネアンデルタールとルージュのジュテームに・・・」

いよいよぐるぐる巻きの言語迷宮に引き込まれていくのである。

双子の次女と三女は、ミミ姫と、ツノ姫。しかしこれが双子かと疑うほど、似てはいない。ミミ姫の耳はロバの耳。ピンと立って三里先のハマダラ蚊の排卵の音までとらえるほどだ。音ばかりか、青筋だった鼻の利きようも尋常ではなく、これまた三里先の雌しべの濡れた匂いも嗅ぎ分けることが出来た。敏感すぎる聴覚臭覚によって、歩行がままならず、常に翼馬《よくば》のアッシーにまたがっている始末。アッシーの鬣《たてがみ》にはざっと十数羽の星ガラスが

たかっていて、それがミミ姫の恥毛のようにも見えるのだ。

ツノ姫の脳天にはユニコーンのような角が生えている。オニッコよ、ツノッコよと囃《はや》されて、その見事な太ももをしんなりと光らせて踊ると、マイマイ宮の神楽のような典雅さ、マンドラゴラの秘祭のような妖艶淫靡《ようえんいんび》。白ペガサス騎馬団長のドンジョルジュなど、その度に共演を申し出るほどなのである。マイマイ笛と、マイマイ太鼓の演奏は、ワニ蔵社中の賄《まかな》いで、瀧池は津波が立ったような騒ぎになる。

それにしても、ミミ姫には遠くの方で何やらの画策《かくさく》が進行しているのを察知し始めた。猥雑貪欲な羽音とゾンビな微笑を複数感知したのと同時に、それが明らかにマイマイ宮に向かっての抑え難《がた》いデザイヤーであることを、確信した。

「ツノ、変なことが起こるわ。気をつけてちょうだい」

瀧池といっても、千滝、万瀧あるという瀧山山塊は、その水量を誇る瀧と渓流と、池、沼、瀞《とろ》、溜《たまり》、淀《よど》と、様々な水状の環境があるわけで、そこのどこにも目岩は屹立《きつりつ》している。そう、あのジビエの肉を天日干しするあの岩だ。アニミズムの信奉者なら誰でも、すべての自然存在に生命が宿り、恣意《しい》を持っていることぐらいは理解しているものだが、目岩もその例にたとえれば、生命と恣意を持った岩なのだ。彼らはその頭部にモヒカン族のような羽毛草を生やし、赤や緑の水生植物の間からぎょろりと大きな目玉を見開いている。目岩だから口はないけれど、対置する目岩から目岩へ、目信号、目言葉を送信し、静かなうちにも確実な通信網を有している。それらによれば、ミミ姫の察知した危惧《きぐ》の内容を、目岩たちはすでにしっかりと共有しているのであった。

さてツノ姫がミミ姫に問いかけます。

「ミミ姉さん、何が始まろうというの？　恐ろしいことなの？」

ミミ姫が応《こた》えます。

「そうよ、お前には聞こえないし、臭わないだろうけど、私にははっきり解るわ。裏の蜜の木の青蛇たちも今朝は妙に騒《ざわ》めき蠢《うごめ》いているわ。六眼族《むつめぞく》の四公子《しこうし》が、カラ姉さまを嫁に欲しいと言ってくる。しかしそれは口実で、あいつら、カラ姉さまを食らいたくてしょうがないのだわ。ツノや私は人型の生き物だけど、カラ姉さまは殻に籠ったマイマイのようにしているから、ねっとりとした舌触りや喉越しに、耽溺《たんでき》しそうなほどの食感があると妄想しているの。しかもよ、それをニンニクとバターでこんがり焼いて食そうと企《たくら》んでいるわ。先年ブルゴーニュで食べた、エスカルゴ・ブルギニョンの味が忘れられなくてね」

六眼族の四公子といえば、柊《ひいらぎ》の棘《とげ》に贄《にえ》を突き刺してはさんざ放置して、懲《こ》りなく啄《つい》ばみ続けるという邪悪な偽鳥類《ぎちょうるい》。六眼に満足出来ず八眼になるための魔法をどうやったら手に入れられるかを画策中、眼玉を持ったマイマイを食すれば、八眼になれるという風評を聞いて、ブルゴーニュまで飛んで行ったのだが、いくらエスカルゴを食しても、一向に八眼にはなれなかった。業を煮やしているところに、マイマイ宮のカラ姫の噂を耳にしたという次第なのだ。四公子の誰が嫁に取ろうとも同じことで、いずれは四人でカラ姫を食らってしまおうという魂胆には変わりはない。八眼になったらはてさて何を見ようというのだろうか。双眼で現実、四眼で未来、六眼で虚構、八眼で幻覚、いやすでに彼ら六眼族は虚妄幻覚の曖昧模糊《あいまいもこ》とした時空に生きているはずなのだ。紅楼閣《こうろうかく》の陰門前に彼らのいかがわしい猥笑《わいしょう》の声が漏《も》れ聴こえてくる。

さて、マイマイ宮の寓主《ぐうおう》、蝸牛王のことを語らなくてはならないだろう。その名の通り全長5米《メートル》にも及ぶ苔生《こけむ》した四層の巨大蝸牛殻を引きずって、あらよと転移無方にテレポートする、逃亡怪将、消滅老師の異名を持つ蝸牛王である。スパイラルこそ蝸牛王の象徴であれば、瀧山山塊上空に２０００年間停滞し続けている、ヴェスヴィオ火山の性愛の種子を孕《はら》んだ灰渦《はいうず》こそ、移動しながらもこの山塊に居座る絶対根拠なのであろう。いつもは伸縮自在な紅楼閣の頂楼《ちょうろう》に縮小蟄居《しゅくしょうちっきょ》して、蝸牛王の不在を印象付けながら、時に応じて数万倍の巨身に一大勃起し、周囲を幻惑させる膨張大帝でもある。カラ姫、ミミ姫、ツノ姫の他にも、姫、王子の数、数千といわれるところを伺えば、この蝸牛王が幾星霜《いくせいそう》を過して今に至るかを想像するのも痛快なことであるだろう。その蝸牛王が、いままさに膨張を始めたのである。

それもそのはず、四公子がしっかりと閉ざされた紅楼閣の陰門を推しても敲《たた》いても一向に反応がない。これでは柔和な話し合いなど国際法の秩序を遵守《じゅんしゅ》しても致し方なしと、ついには挑発行為をもって陰門をこじ開ける手段へと転じてきた。そして四公子はこう叫び出したのだ。

「塩が降るぞ！　塩が降るぞ！　マイマイ消しの塩が降るぞ！」

これこそ蝸牛王が最も恐れている逃走移動の大原点なのであった。さすがの蝸牛王もこれにはたじろぎながら、しかし、右の掌にしっかりと握り持ったクリスタルマイマイの中を覗き込み、「これは未来か、はたまた虚構、この世にあらぬ幻覚か」念じるように覗き込むと、天空には青眼流星群《せいがんりゅうせいぐん》が飛来し、いましも大地に叩きつけられそうに落下して来た。

「いよよ、わしも終焉の時が来たのだろうか」

蝸牛王に見えている全てが現実の秩序から溢《あふ》れ出し、曖昧に溶解した映像は瀧のように崩れ出して、単に想念という色鉛筆の音と匂いとの希薄な空間に帰って行くのであった。

「またしても、夢か・・・」

蝸牛王は安堵《あんど》とも、嘆息ともつかぬ声を漏らしながら、うっすらとシミのような色彩だけになった紙の上の宇宙に目を投じた。

カワホリ3号機

　使い古したビロードのようにテカテカと黒光りするカワホリ3号機に乗って、二月の寒風に煽《あお》られながら、ギリギリと歯ぎしりしている。それどころかゴーグルが吐く息で白く凍ってしまうので、何度も指先で擦《こす》っては視界を作っている。陰茎も冷凍のアスパラガスみたいにかじかんでしまった。それでもカワホリ3号の機体はそのエンジン部で、密《ひそ》かにヘモグロビンを燃やしているものだから、ビロードの繊毛《せんもう》からわずかではあるけれど、熱のようなものが伝わってくる。

「オレラばさ、低温冷血ってえやつだばさ、血が熱くなるってえのはかえってかなわねえことだばさ、血が熱くなるってえのばさ、バカになるってえことだばさ、こんな二月の寒空を飛ぶなんてえこともするオレラらばでもばさ、こんな冬にはホコラの暗がりでばさ、逆さにぶら下がってぐーぐー鼾《いびき》かいて寝てるばさ」

語尾の「ばさ」の音をうっとうしく聞いていると、

「オイラ語尾にばさ音をつけるのばさ、アイデンティティというもんでばさ、これがなくなるとオイラじゃなくなるばさ。獣と鳥のアンドロギュヌスばさ、ばさばさこんな飛行も出来なくなるばさ」

と言って翼を窄《しぼ》めて急降下する。読心という術を持っているか、あるいはテレパシーと呼んでいいのかも知れない、そんな能力を持ったカワホリ3号だから、彼を指名してこの飛行を実行したわけだけど、しかしやたらな空想も出来ない。それでも私がこんな寒風の二月の空に飛び出したのは、それなりの訳があった。昨日落としてしまった夢を拾いに来ているのだ。どこに、どんな夢を落としてしまったのか、それも定かではない。けれども夢を落としてしまったという喪失感だけが確実にあって、これを拾い戻さなければ、私は二度と夢を見られないのではないかという憔悴感《しょうすいかん》すらあった。それをカワホリ3号のテレパシー・レーダーでキャッチしようという算段なのだ。

「夢ってえのがそんなに大切なものかばさ、オレラには理解出来ねえばさ、第一夢など見ねえばさ、ぐっすり眠ってしまった方が体にもいいに決まってるばさ。夢なんてロクでもねえばさ」

私はロクでもないことを切り捨ててしまえるほどのリアリストではない。カワホリ3号がどんなに夢をあなどろうと、その得体の知れない夢の呪術のような力に、自分の深層にたどりつく迷宮の入り口のように、畏敬《いけい》の念を持っている。夢は、ドリームの核心に、ヴィジョンが煮凍《にこご》りのようにある。ドリームの肉質をしゃぶっているうちに、種のようにコリッとしたヴィジョンがあることを知る。夢は想像と意味の二層で出来ているのだ。

「オレラばさ、夢に怯《おび》えることも、憧れることもないばさ。だから夢というものは知らないばさ、見たこともないばさ。ところでドリームとばさ、ヴィジョンばさ、どっちがうまいばさ」

「ドリームは甘くて、ヴィジョンは苦い、かな」

「そのくらいの味覚だったらばさ、そこらじゅうにあるだろうばさ。夢なんて訳《わけ》のわからないものじゃなくてばさ」

訳を必要としている訳ではない。あるいは訳なんてどうでもいいのだ。解析《かいせき》することより、そこにあってしまう先験性の方が大切なのだ。あるいは偶然性をはらんだ、曖昧性にこそ、心をくすぐられる驚きがある。理《ことわり》ではない、存《ありよう》のようなもの。しかしカワホリ3号のテレパシーによって、私の思考がどんどん理屈っぽくなっていく。

「そうだろうばさ、だから落っことした夢なんぞに気を取られなくてばさ、落っことしたまんまにすればいいばさ。オレラの世界に過去ってものがないばさ、だから、なくしたり、失ったりはしないばさ」

それは作ったり、生まれたりすることが大切な分だけ、なくしたり、失ったりすることの意味も出て来る。私が夢を見ていなかったら、夢を落としたことにも気がつかない。カワホリ3号はビューービューーと翼を鳴らしながら、

「面倒くせいばさ、オレラにはあんたが落とした夢ってえのがばさ、とっくに知れてるけどばさ、それを拾ったところでばさ、あんたはなーんだって思うくらいのもんばさ」

そうかも知れない、きっとそんなものだろう。だからって、私はそれが今となっても欲しいのである。

「わかったばさ」

と言ってカワホリ3号はキリキリ舞いを始めた。寒風の渦巻の中心が真っ暗になって、

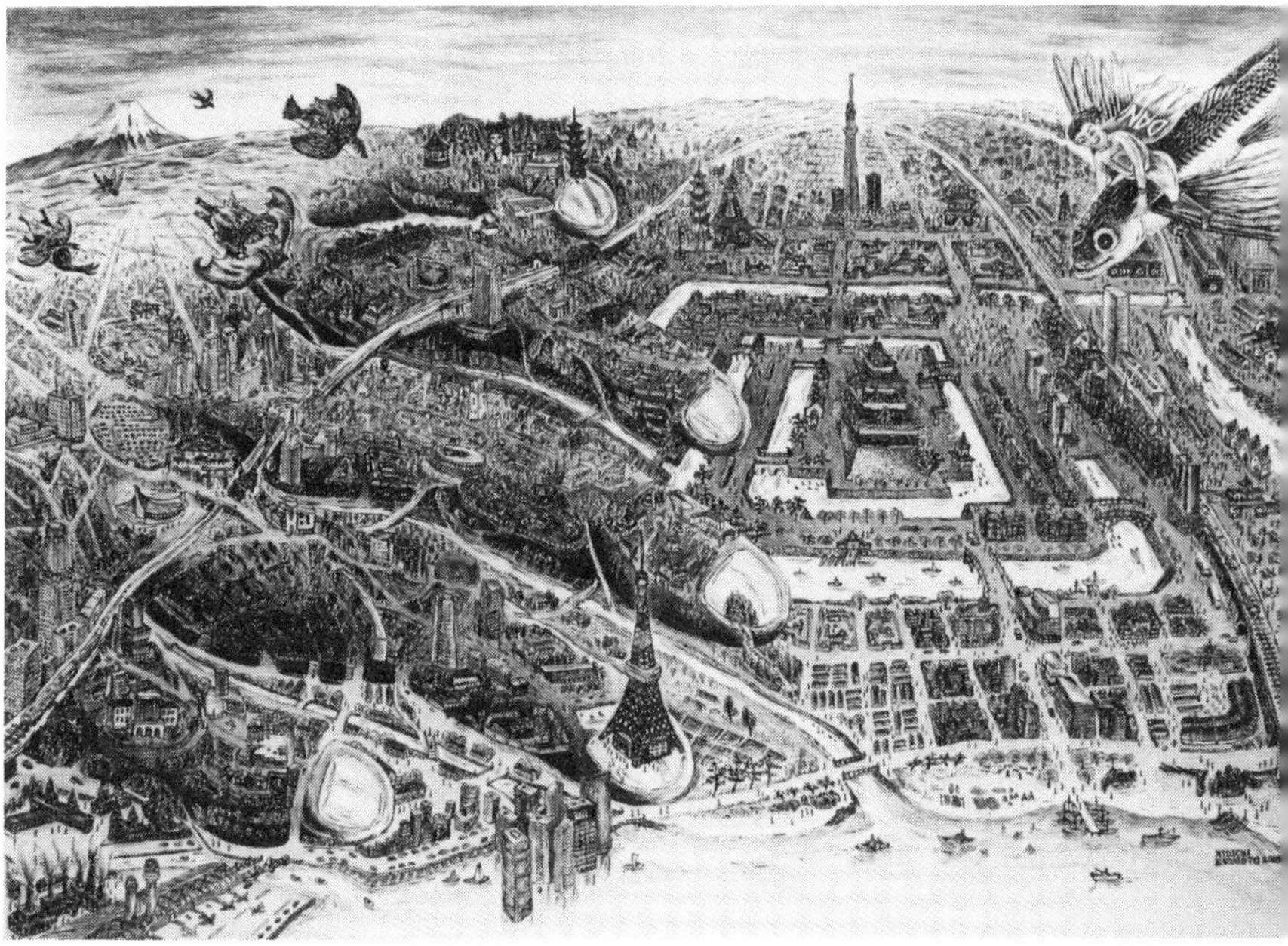

どんどん落下して行く。どこかの真っ暗なホコラにでも、夢は落ちているのだろうか。

「ほらほらほらばさ」

とカワホリ3号の声が聞こえた。これには何か覚えがあった。

「そらそらそらばさ」

とカワホリ3号の声が響いた。これも知っている。

「だろだろだろばさ」

カワホリ3号は笑った。ああこれだ、私が落とした夢の中に私がいる、カワホリ3号と一緒に。これが私の落とした夢だったのか。

「意味もないだろばさ」

カワホリ3号は嘯《うそぶ》いた。

「そうかな」


昨日落とした夢を見ていた時、私はなんだか興奮剤でも飲んだように、とても楽しい気分になっていた。だからそれがなんだったのか知りたくて、夢を拾いに来たのだ。カワホリ3号にこれが昨日落とした夢だと言われれば、確かに少し楽しい夢ではあったけど、それを落とした夢だと証明するものなどどこにもない。そうか、夢は物質ではないから遺失物にはならないのだ。たとえ拾い戻したとしてもエーテルのように形を変えてしまう。だからカワホリ３号は、落としてしまった夢を拾っても意味がないと言ったのだろう。もう一度、鉛色の寒風の空を見上げても、もうカワホリ３号機の姿は夢のようにどこにもなかった。

バベルの島探訪録

最近この島によく来るようになった。ブリューゲルの「バベルの塔」を見たからである。その絵はとても小さくて、60センチかける75センチほどのものだった。五層までは外壁に大理石が施《ほどこ》されて完成しているが、その上は、赤煉瓦《あかれんが》を積んだままで赤茶け、すでに崩壊し始めているようにも見える。いや、塔には工事をしている人間がたくさん見えるから、まだ工事中なのだろう。人影は大方白く描かれていて、2ミリか3ミリほどしかない。海辺にやや傾いで建っている。傾いで見えるのは塔が螺旋状《らせんじょう》に立ち上がっているからなのだろうか。ブリューゲルの仕掛けか、建設中なのにすでに神話にあるように崩壊を予感させるような構図なのだ。こちらは「小バベルの塔」といわれているもので、「大バベルの塔」と呼ばれる作品は、七層ほどの大理石の外装の中に、これも海側の部分の三層ぐらいから、その内部ににょっきりと赤いドームが立ち上がっている。この外壁部分は明らかに崩壊して内部の構造が露出してしまったようにも見える。ヒエロニムス・ボスに始まる、奇想のフランドル派は、ブリューゲル一族によって拡張していった。宗教画から、生臭い世間の民衆へとフォーカスが変わり、汎宗教的とも見える諧謔《かいぎゃく》と、風俗的で滑稽《こっけい》な説話の記号論で塗り固められている。天にも届く塔を建てる、そして神の怒りを買って崩壊する。ドバイにはすでに８００メートルを超えるスーパー・バベルの塔が立っている。

私がバベルの島を訪ねたのは、ほんの二月ほど前のことだ。ブリューゲル展の出口でこの島の存在を知った。割れた卵に入った怪しげな男から、小さなガイドブックを手渡された。行き方はややこしいのでちょっと説明をはぶくことにして、最後は、玉の付いた舵《かじ》を手に、大きなトビウオに跨《また》がって海を渡ることになる。夕暮れからその玉は明るく光る。照明機というか、存在位置表示のようなものだ。夜ともなれば海蛍のような景観を作る。島には螺旋状の反時計まわりの回路を、ゆっくりと経巡《へめぐ》りながら近づかなくてはならない。装束《しょうぞく》も李白服というものに着替える。バベルの島には正面の南大門橋、東に髑髏蛇橋《がいこつじゃばし》、燕橋《つばめばし》、西に陰門橋、北には北裏門橋があるが、全て島につながっているだけで、そこから陸には渡れない。トビウオの背に股がることになる。バベルの島の周辺には、バベルの島擬《しまもど》きの奇岩が林立している。鰐《わに》のいる水辺の樹幹に鰐虫が棲息しているようにだ。それも大きなものはそれなりのバベル構造をしている。

南大門橋は迎賓用の正門なので門番や衛士がいる。その東西には、龍虎の像が玉を持って島を守護しているのだ。燕橋は、燕が羽を広げた形をしていて、時々滑落者が出るらしい。髑髏蛇橋は鼻から目に抜ける蛇体が通路になっていて、亀島に抜けている。巨大な人面恐竜シャレコベプトスの頭骨や脊椎肋骨《せきずいろっこつ》が横たわり、頭骨は格好のクライミング場となっている。頚椎肋骨《けいついろっこつ》の下に不法住宅群が密集しているが、もともとここはバベル建設労働者たちの仮設住宅であったようだ。その真上をインセクトスパイラル（昆虫螺旋）の自動回廊が昇降している。その南に乳房双棟《にゅうぼうそうとう》があり、窓という窓には裸女神が立っている。バベルの島の窓には基本この裸女神像が立つ。乳房双棟の奥にはパンプキンコロッセウム（南瓜劇場《かぼちゃげきじょう》）のドームがあり、南瓜の木から南瓜の実の部屋に入ることが出来、それがぐらぐら揺れるアメイジングランドになっている。その上が水晶タワーで、そこから巌窟王《がんくつおう》の巨大彫刻が乳島島《ちちどりじま》を伺っている。陰門橋の西には、海底洞窟からダンゴムシが這い出し

て来てエッシャー階段を上がり続ける。その横が樹林渓谷になっていて、その水はピノキオ放水という人工瀧になって海に落ちる。そのさらに西に獏放水《ばくほうすい》がある。樹林渓谷の上層にバベルの塔外壁があり、二層目から工事の足場が立ち上がっている。洞窟山を挟んで、南にフィッシュポンド（魚池）があり、その向こうがファウンテンレイク（噴水湖）になっている。そこの湖畔からさらに三層のバベルの塔が立ち上がる。その上は奇岩をそのまに残した洞窟住塊《どうくつじゅうかい》が潜む。基層部分はそんな構造である。

そこからビス状の螺旋タワーが7本屹立して、ピロティ空間を確保しながら、空層部分を支えている。東のプラットにドイツ表現派住宅がひしめき、海中ピラミッドの空中海廊が、エルマフロジット（両性器）岳から漏流蛇行《ろうりゅうだこう》するホーリーウォーター（聖水）を受け止め湛えて基層に流し落としている。その下はカメリアの花の東西に、ユニコーンパレス（一角獣寓《いっかくじゅうぐう》）と安居の隠れる女体山景が競立し、噴きあげる時計回りの気圏に見え隠れしている。天空には眼球衛星が集合し、バベルの島の未来を監視すれば、カワホリの大群飛が、ネジを巻くように凄《すさ》まじい飛翔音を轟かせている。

そう、ここはバベルの塔ではなく、島である。しかしこの屹立感は島全体を塔に仕立て直している。建設と崩壊が同時率にあって壊れながら築いていく、そんな状況を呈している。爪が伸び髪が抜けるように、バベルの島は一つの生命体であることをメッセージし続ける。そして生と死の葛藤はやがて決着がつくのだろう。きっとカワホリのネジ巻き飛翔が途切れた時、その時はやって来る。

螺旋嬢小譚《らせんじょうしょうたん》

スパイラルガール・コント

二羽のトサカドリが、頭頂葉から噴煙のように吹き上げられて来る裸女をカウントしている。裸女ばかりではない。ダンスするインド象もいれば、無花果《いちじく》を啄《ついば》むシロアホウドリもいるし、枯木を角に擬態《ぎたい》し川を泳ぐイワジカの小群、滑流する裸女を眇《た》めつ狙《ねら》うセジョインチョウも滞空している。陰湿なイワミミヒョウは微笑し、火山硫を舐めるカラミバネに食らい付くイトクイウオの鰭音《ひれおと》や、背中に鋼鉄の円錐形が光るトゲバクの密談が漏れ聞こえ、眼穿《がんこう》から脳漿《のうしょう》を垂れ流すシャレコウ部と、その潜伏する脳漿が好物のドクロワニは失楽園を空想する。

ブレイクも描いた甲殻イシサイの大首、跳ね続けるミシュランジンのボンダンスの懐古

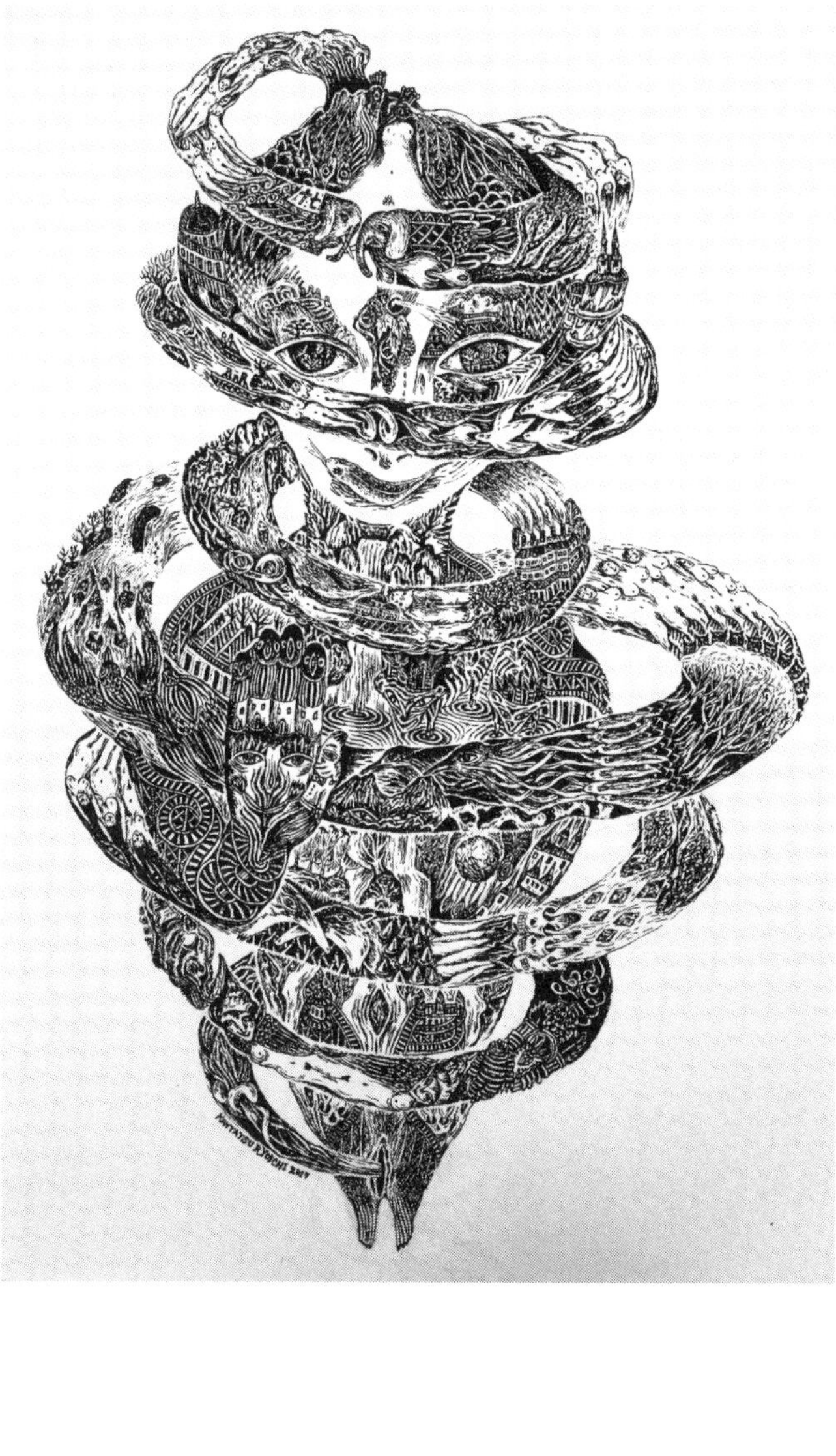

趣味。そして眩暈《めまい》と貧血を繰り返すウズマキジャと、螺旋嬢の渦状に流動する噴煙川は、ことさら多様性生物の標本箱のような状態になっている。これも偏《ひとえ》に彼女の胎内で虚像発酵し噴出された現象なのだ。それらは七重の螺旋を描いて彼女の柔らかく熱く緊縛《きんばく》する膣内に帰還し、臓器溯流《ぞうきさくりゅう》して再び容態を変えればまた様々な現象となってスパイラルし続ける。彼女の右目には老松が睫毛《まつげ》のように一茎根勃《ひとくきねだ》ち、源氏物語絵巻を凝視すれば、眉間《みけん》の葡萄園《ぶどうえん》の井戸から間歇《かんけつ》する熱水は香爐橋《こうろきょう》に降り注ぎ、それを支えて左目は華州の陋屋《ろうおく》を怪しく彷徨《さまよ》っているのだ。

右耳は栄螺堂《さざえどう》の妄想に屹立し、左耳は一対のミナレットとなって割礼《かつれい》をサラートする。眼下のラクルイチョウは悲劇とも喜劇ともつかぬ流水を受け、オオイワナの唇から咽喉《のど》の仏岩に挟まれて、聖イオン水の瀧が滔々《とうとう》と落下を始めた。瀞《とろ》の渦状波形を擬態するウズトーラがそこを渡れば、渦工場のクーリーは息を潜《ひそ》めて沈黙している。螺旋嬢の右手は、四羽のクロツバクラが塔楼の先端から夏を囀《さえず》り、親指は悲しいピグマリオンとなって、掌の双眼の間に女陰を穿《うが》って世界を愚弄《ぐろう》している。

瀧はさらに目岩の間隙を大量に零落《れいらく》する。左手は指紋の血流を一筋にして、水晶球の重さを測っている。螺旋盤の腕部がぐるぐると回転し、瑪瑙岩《めのういわ》を挟んで水力舎の二棟がゴロゴロと発電しながらさらに落水すれば、シャレコウ部の脳漿《のうしょう》を冷やしながら、激しく揺籃《ようらん》する陰毛の藻草を掻《か》い潜りながら、それでも発熱し続ける王門へと垂れ注いで行くのである。

矮室《あいしつ》の秘儀

鵞鳥《がちょう》は言った。といっても、人語が話せる鵞鳥だからといって、あの嘴《くちばし》である。しかしこの鵞鳥、梁《りょう》の奇想の詩人呉均が生み出した鵞鳥だから、もちろん中国語鈍りである。呉均は五世紀から六世紀にかけて生きた官僚文人で、太守の主催する桜を見る会にも招待されるセレブであった。呉興郡《ごこうぐん》、現在の浙江省湖州市《せっこうしょうこしゅうし》、東シナ海に接した杭州市に近いところに生き、呉（越）語を話した。それはシナ・チベット語族といって、中古中国音韻体系《おんいんたいけい》で全濁音が保存されていると紹介されている。つまり、ダジズデドっぽい音を特徴とする言語なのだろうか。しかも、鵞鳥である。「デェヴォ」と、キョ彦に鵞鳥は言った。

キョ彦が呉均の『続斉諧記』の中の「陽羨鵝籠《ようせんがろう》」に登場するのは、一五〇〇年も前のことである。キョ彦にその記憶があるはずもない。その時キョ彦は鷲鳥の入った籠を背負い山道で苦しんでいる書生に遭《あ》っている。その書生はするりとキョ彦の背負った鷲鳥の入った籠に飛び込むのだ。でも少しも重くない。鷲鳥は窮屈《きゅうくつ》そうでもない。こうしたことが起こったことも、もちろんキョ彦の記憶にない。一五〇〇年前の記憶を持っている人は、そうはいないだろう。キョ彦には鷲鳥の声が「でも」と聞こえた。だから「じゃあどうしてさ」と、問い返した。

「ヅゥヴィダゥニヴァ、イリグゥジィドォ、デェグゥジドォ、アルディバァ。ジィガァジィ、ドォグツゥバァ、イリグゥジィジガァ、アラヌゥグェ」

つまり、隧道《トンネル》には入口と出口があるけど、しかし洞窟は入口しかないじゃん、と言ったのである。キョ彦の耳には確かにそう聞こえた。桃源郷の話をしていたのだ。隧道はリニアの道で、洞窟の迷路はリゾーム形の道である。だから隧道の出口の先にしか、桃源郷はないのだと鷲鳥は言ったのだ。ちなみに鷲鳥はジツ彦といったが、極めて虚構的な存在である。

「トンネルを抜けるとそこは雪国だったという、あれみたいな感じで桃源郷はあるんだ」

「ジイガアリ」

その通りじゃん、と言ったのだ。

「ギョビイゴォガア、グァロォゴーイェンニ、ダドォリツゥイダノボォ、ゲェーベィンデェヅゥドゥノヲ、ヅゥヴィダォーボォ、ググーッデェギダグェ」

キョ彦がガロウ公園の桃源郷にたどり着いたのも、軽便鉄道の隧道を潜って来たからじゃん、と言った。キョ彦は隧道が、異界につながる入口であることは、薄々気が付いていた。あの隧道の中で一瞬とても大きな耳鳴りを感じて、目を瞑《つむ》り耳を抑えた。宇宙船が成層圏から大気圏に脱出したような、耳の痛みだった。あれっと思った。あれが、異界に入る儀式だったのかな。それからモモドリさんに遭って、帰り道を急いでいた後の記憶が、一五〇〇年も前のように全くないのである。

「なるほど、確かにガロウ公園は、僕にとって桃源郷のような、そうでないような、鬱陶《うっとう》しい空気圧を感じたよ。嬉しいような迷惑のような、ずっと変な気持ちだった。だって異界にそんなにすぐ馴染めるわけもないでしょ」

でも、キョ彦の部屋の本棚の上に宇宙卵があることを、キョ彦は忘れていない。あれがいつか大きくなって、殻の強度が内部からの力に抗《こう》しきれなくなって、爆発する。そんな日をキョ彦はもう一五〇〇年も待っているのだろう。

「ウジューダマァゴーバァ、ドーブゥンバグファヅジナイグァ。ボーギグナルゴドデェバァナグデェ、ヂィーザグナブゴドニ、ギョービバァアラヌグァ」

宇宙卵は当分爆発しないよ。大きくなることではなくて、小さくなることに興味はないかい、と、鷲鳥のジツ彦は言うのだ。

「ぼくはまだ十分に小さいよ、十二歳だから」

「ゾボディバナグゥデ、ドボグツゥニバイレヴァ、ジイザグナルジガァナイグァ。ズボンジイノ、アナァボググゥルノダァガラグェ」

そうじゃなくてさ、洞窟に入れば、小さくなるしかないじゃないか。スポンジの穴を潜るのだからね。

「どうしたら、小さくなれるのさ、これ以上。それに、スポンジの洞窟ってどこにあるのさ」

「ウジロボォミデェゴォラン、ゴョビゴノジョッダガゴノナグァニアラングェ」

うしろを見てごらん、キョ彦の背負った籠の中にあるじゃん。キョ彦が背中の籠を振り返ると、そこには真っ黒なスポンジが入っていた。鷲鳥のジツ彦の姿はなかった。キョ彦はキョロキョロと、振り返りながらスポンジを見つめていたが、するりと穴の一つに潜り込んだ。

フランチェスコ・ボルロミーニによる、聖カルロ・アルレ・クァットロ・フォンターネの天井は、無数の正円を八角形などの多角形に整形し、それを包み込む奇想の聖楕円はヴァギナのように美しく、フラクタルにスポンジ状に凹んでいる。もちろんアスベストの花嫁のように純白である。よく見るとそこには多数の十字架も配されている。こういうことをアイデンティティというのだろうか。存在の根拠である。しかし、キョ彦が十字架の意味を知る由《よし》もない。いずれ、道教か儒教か、そんな思想の中から産み落とされたキョ彦であるのだから、磔刑《たっけい》の象徴でもある十字架に、キョ彦が強く惹《ひ》かれるわけもない。聖者を張り付けた十字架は、従者の竈《かまど》にくべられる薪《まき》にでもなったのだろうか。それともゴルゴダの丘に朽ちるまでたち続けたのだろうか。雷に撃《う》たれただろうか。白蟻が巣食っただろうか。果たしてその天井を覆うフラクタル状の多くの穴の奥に、屋根裏部屋という異界が潜んでいるとしたら、キョ彦は間違いなく、マルコヴィッチの穴のような矮室のひとつに、うずくまるように侵入しただろう。

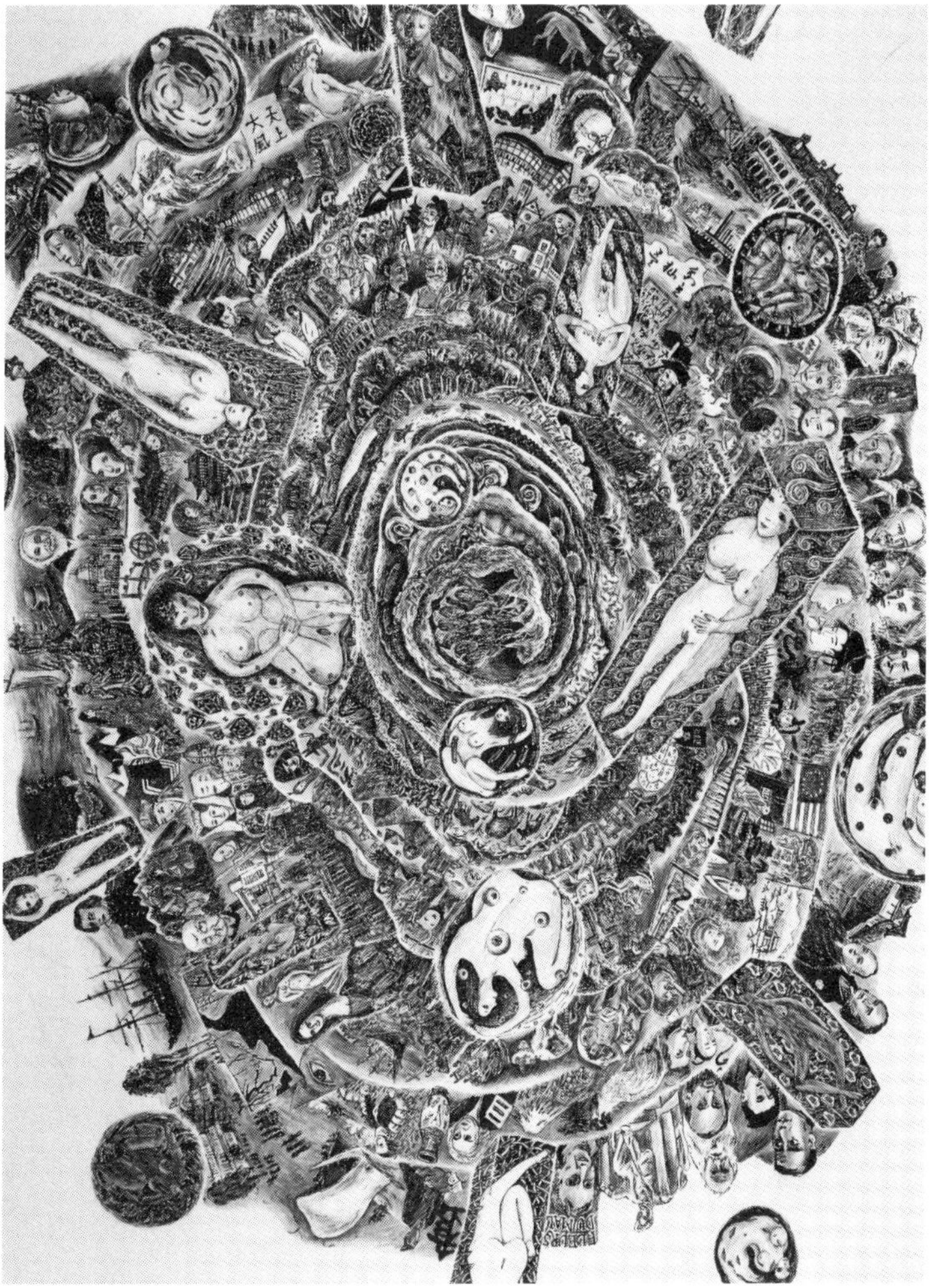
天上大風

聖カルロ・アルレ・クァットロ・フォンターネの聖楕円天井が、キョ彦の背負う鷲鳥の入った籠の中にあったとしても、それほどの問題ではない。我々衒奇主義者《げんきしゅぎしゃ》の脳内には、そうした奇想の形状にこそ、共振する歓喜を秘めているのだから。巨大な聖楕円天井がミニチュアのように矮小化されて、キョ彦の背負う籠の中にあったことを、なんと喜ぶべきことか。いやいやミニチュアのそのサイズこそ、聖ヴァギナの原寸原器であって、聖カルロ・アルレ・クァットロ・フォンターネの楕円の大天井こそは、その馬鹿げたレプリカでしかない。象徴化と抽象化の表現ワークのなかで、ボルロミーニは明らかにそうしたことを意図している。聖なる空間の性なる形状、聖母マリアのイエスの誕生してくる秘形こそを、幾何学化し、ほとんど偶像化を逃れる算数式にしてしまった。聖カルロ・アルレ・クァットロ・フォンターネの天井の、口径十センチもないミニチュアに、頭からキョ彦は入り込み、さらに虚体のキョ彦が再びそれを担いで歩き出すというのだから、なんと馬鹿らしい幻燈であろうか。しかし、常識という規範のなんと凡庸なことか。そんなものは衒奇主義者にとって何の壁にもなりはしない。それどころかこうした通念があることによって、それを溶かし込みながら、世界を変容させてしまうことことこそが秘かな悦楽なのだ。

「みんなは虚構といって終わらせるけど、虚構くらいイマジネーションを必要とするものはない。現実というのは、一切の想像力を必要としないで起こってしまったことだからね。まあほとんど僕たちのものではない。ほとんど誰のものでもない。所有権のない事象だね。いや、僕は何かを所有したいから虚構するのではないな。虚構することで責任を取らされるから、結局所有せざるを得ないのだ。だから嘘つきは財産家なんだ。ほとんど価値を認められない膨大な資産を持たされてしまっている。

僕はたかだか十二年を生きて来たのではなく、確かに一五〇〇年くらいを生きて来たようだね。その間は、書物の中に閉じ込められていて、ときどき開かれるとたちまちにして外に飛び出した。夜の暗闇の中のランプの光にオレンジ色に染まる自分もいたし、真夏の昼のうだるような暑さの中に、めくるめいて積乱雲に吸い込まれて行ったこともあった。僕は、何度書物という牢獄から脱走したことだろう。わずか零点一ミリもない空間の中にぺちゃんこにされたまま、それでも辛抱強く開かれる瞬間を待っていると、それはやって来る。そして僕はまるでピーターパンのようにひらりと世界に舞い出るのだ。

ところがある日、僕を本から解放したまま、その読者である若者がいきなり死んでしまった。僕のような永遠の命を持った者には、死というのがどうして訪れるのかわからない。そう、僕にも死があって、もう本を永久に開いてくれない、忘れられてしまったとき、僕は死ぬのだろう。しかし彼はまだみんなの記憶の中に生々しくあるその時に、死んだのだ。彼の死と、みんなの中の記憶がしばらく葛藤していたが、緩やかに記憶が敗北して、彼は穏やかな死の世界に戻って行った。そう我々は絶対的な死の中から数奇な選択によって生きることになるのだから、いずれ、死の世界に戻らなくてはならないのだよ。だから、僕がもう一度本当に生き返るためにも、聖母の子宮に帰らなくてはいけない。そこは陰門を潜って逆流という手法でしか辿り着けない秘所である。36度8分という体温に濡れながら、深層という不見の世界にたゆたううちにたどり着く。命を生み出すという何たる秘所か。ここここそ宇宙で最も秘儀を行うにふさわしい矮室である」

黒いソンコ

玩具《がんぐ》レンズの向うで粗悪な光源がパラパラまばたき、暗い幻燈機の明滅は、切りなく落下するパラフィン紙を映し出している。崩れたパラッツオ名画座のパナマウントニュース。パ音の抽象的な具象、パッシヴな事件の溶解。タケワキショウサクの鼻濁音。仄《ほの》かに聴こえてくる篠竹にあたる雨音。ミヤザワケンジの電信柱男が傾きながら、送電してくる青い幻燈機の回転音だろうか。ガッガッガリガリ蝋紙《ろうし》に鉄筆で鉄鑢板《やすりばん》に筆耕《ひっこう》する謄写版《とうしゃばん》の人名。珍しく鳥郭《うずら》が四角くカッカッと興奮気味に飛び立つ。

その時、イシカワタクボクは便所から青空を見ていたが、鳥郭の飛行には気づかなかった。そしてアメオは、鳥肌だった泥人形のようにゆるく固まったまま、黒い器の中の小さな虚空を覗き込んでいた。捲《ま》いても捲いても解《ほど》けてしまう時計の螺子《ネジ》。T・I・M・Eは、

怠惰《たいだ》に進むことを放棄して暗黒紀へ停滞していく。（三万年位経過）

凝固した夢の皮膜を喰い破って、一匹の青虫が這い出し、アラベスク模様の渦巻きを描いてゆく。アメオの記憶の海馬は侵食され、両手の中の漆黒は虫喰い算に透過し、庵《いおり》の暗部を窮屈に潜り抜けて、アメオは雨の中にいた。あんまり傘が重いので両手で柄を持って顔をあげると、傘と思った物は大きな陶製の黒い器である。

急にさらに重くなって、アメオはその火鉢ほどの器を頭に被《かぶ》って、ウウッと支えた。傘の柄がストンと道に落ちる。重くてそのままアメオは黒い器と一緒に、雨のアスファルトの道にズブズブと沈んでしまった。一瞬、道の両側に、春小麦の棘《とげ》とげした穂先が雨に濡れて青々と光っているのが見えた。

アメオは、雨の中に屹立する春小麦の畠の間を貫く、アスファルトの道の下に埋まっているはずだった。身動きも取れず、何も見えないので、じっとしているしかなかった。「こまった」と、声に出ない感想をつぶやいた。鳥肌が一層激しく突起している。しばらくして、頭の上を白い軽トラが走り抜けて行くのが解った。かすかな振動だったが、間違いなく軽トラだった。しかも、白だった。自分には、眼球ではないところで、視覚する能力があるのだと、その時判った。あるいはもしかして、この雨の降るアスファルトの下の地層の中を、ゆっくりであれば、歩くことも出来るだろうか。ダメだ、と思って試してもなかっただけで、出来るかも知れない、と考えた。

ひとまず、大きな黒い器がアメオの頭の上にあるはずだから、少しここんでみて、そこから抜け出す必要がある。膝を曲げ、尻を突き出すようにして、態勢を変えてみる。すると、なんと、地層は褶曲《しゅうきょく》するように、アメオの身体にそって動いてくれた。それはよかったのだけど、そのまま黒い大きな器もアメオの身体の上に落ちて来て、今度は完全に骨壺の中に納まったように動けなくなってしまった。その時、頭上をヒタヒタヒタと、プーマのランニングシューズで走る男を感知した。オレンジ色だった。その男は同色のビニールの雨具を着ている。あれ？　カワサキトオルさんだ、と思う間に、苦しそうに通り過ぎてしまったので、声もかけられなかった。もしそうしていたら、地底から自分の名前を呼ぶ声を聞くことになるのだから、さぞビックリするだろう。脅かさなくてよかった、とアメオは思った。あるいは、空耳と思うかも知れない。帰り路に通るようなことがあれば、今

度ははっきりと呼びかけてみようかと思い、「カ」と言いかけたが、その一音は音にならなかった。（七十年程土中眠）

アメオは変な態勢のまま、長い歳月黒い大きな器の中に蹲《うずくま》っていた。冬眠は春になれば目覚めるが、土中眠は死者の眠りである。黒い大きな陶器は墓石のように、アメオの蘇生を押さえ続けている。運悪く死者にさせられた駱駝《らくだ》のように、瘤《こぶ》の水分だけで生き続けていた。瘤は土中の水分を吸収して補給できたが、全身が甘い水になったように重かった。ノアの洪水のような雨季がしばらく続き、春小麦の道はすっかり浸食され、農家は継ぐ者がなく廃業して、春小麦の畠に住宅が建ち出した。ある家の庭にボッカリと、アメオを覆う黒い大きな陶器は露出していた。それはすでに化石化して立派な庭石になっていた。

騒々しい造成や建築工事も終わり、蟬《せみ》の煮えるように鳴く聲《こえ》が聞こえている。アメオの頭上の化石化した庭石の空洞はそのままだったから、[illegible]が響いた。

「縁側の軒あたりに置く物を、ツクバイとは謂《い》わぬ。エンサキチョウズバチであろう。蹲って使うからこそ蹲踞《つくばい》である」

その人はどうやらアメオの頭の上の庭石に腰かけて、庭師に指図をしているようであった。ブオッという音が響いた。放屁《ほうひ》のようだった。その音でチョウズバチの下の月見草が少し揺れた。イブセマスジ？　庭師はダザイオサムに似ていたが、その人はムロオサイセイだった。庭師はその人をセンセーと呼んでいた。縁側の端には日本語の上手な猫が寝ている。ワガハイという名である。ナツメソウセキの硝子戸の家を移築したようであった。

黒曜石を削り出したチョウズバチを、氷のように透き通る水晶の柱の上に載せている。異形斬新《いぎょうざんしん》である。それから庭師の若いモンが、真鍮《しんちゅう》のバケツに水を運んで注意深く注ぐ。小川の流れる音がした。少し溢れた水で、チョウズバチの下の月見草が血を被ったように一層赤くなる。水の動きが納まると、碧空《あおぞら》を刳《く》り抜き、盗んだような真っ青な水面が見えた。それはまるで宙に浮いているように見えた。碧空に還りたいようにも見えた。

ワガハイが立ち上がり、のっそりと縁側から退散したのは、バタバタとアサコが柄杓《ひしゃく》を持ってサイセイセンセーの方に駆け寄ったからである。

「チチ、ヒシャク」と言って、竹を削り出した真新しい柄杓を振って見せた。

「お前が最初に使ってみたまえ」

と、サイセイセンセーはアメオのいる庭石に腰かけたまま娘に言った。

「カシコマリマシタ」

と、応えてアサコは縁側の先のチョウズバチにポンと柄杓を突っ込み、始めはゆっくりそのうちひらひら笑いながら、チョウズバチの水を掻き回し出した。飛び散った水が水晶の柱を伝って落ち、月見草はマサオカシキが血を吐くように倒れた。縁先には大きな糸瓜《へちま》が青々と、十四、五本も鬱陶《うっとう》しく垂れている。ひとしきり掻き回してしまうと飽《あ》いて、アサコは柄杓を持ったまま縁側に佇《たたず》んでいる。


チョウズバチの水はゆるく回っていたが、それに連動して黒曜石のチョウズバチが微動し始め、水面が波打ち、飛沫が溢れたかと思うと、ＵＦＯのように回転しながら浮き上がった。アサコがエドワルドムンクのように「アア」と叫ぶ間もなく、それは庭先をグルグルと飛び回り出したのである。そして空中で何回転かすると、ひょいとサイセイセンセーの頭の上に落ち着いた。

「チチ」と、アサコが叫んだ。

サイセイセンセーは銀の獅子の頭を握りしめてステッキを立て、ヨイショと立ち上がると、アメオの頭上の庭石が急に軽く小さくなり、勢いをつけて体を伸ばすと、サイセイセンセーの真後ろに、並んで立っているような具合になった。二人の頭の上には、楽茶碗を被《かぶ》せたような、黒い帽子が載っかっている。

「チチ」と、アサコが再び声をかけると、サイセイセンセーは、

「トーキョージャーミーに行ってくるさ」

と言い放って中潜りの枯木戸を押し開け外に出た。アメオも慌てて後に付いた。


ヨヨギウエハラの駅を出て、オダキュー線のガードを潜る頃には、白い麻地のガラベイヤを着た回教徒の群衆に呑まれた。何百年振りの青空だろうか。それにしても、革のサンダルの路面をたたく音がけたたましく増殖し、そこら中がパタパタパタパタと、巨大な蝶が群飛しているような音に満たされた。サイセイセンセーは利休鼠の絽《ろ》、アメオは白いシャツに生成りのコットンパンツだったので違和感はない。第一、群衆と同じ黒い帽子を被っているのだ。すると、

「君のソンコは、頗《すこぶ》るに光沢がよいが」

と、サイセイセンセーは振り返りながらアメオに言った。

「センセーのもなかなかに」と応えると、

「これはわざわざイスタンブールから取り寄せた高級品じゃからな」とうそぶいた。

アメオはそれが黒曜石のチョウズバチであることを知っていたが、黙っていた。それにしても、自分のソンコも長い間自分を閉じ込めていた、黒い陶製の器である。それがやっと元に戻って、頭の上に載《の》っているのだから、大事にしないといけないだろう。そして当分は、その器の虚《うつ》ろを覗き込むのは止めようと思った。黒いソンコの流れに呑まれるように、サイセイセンセーとアメオの姿は見えなくなった。

蚯蚓路《みみずみち》の奥

Ｂ医院の横から巨大な蚯蚓の胴内のような路地が続く。ブロック塀とベニカナメやヒイラギ、カイヅカ、今はドウダンツツジが血を吐いたように赤い。この垣根に挟まれた車も通らぬ狭い道幅が、緩《ゆる》いカーブを作ってしばらく続く。農道だったのか、家々の境界線が曖昧なまま、獣道《けものみち》のように生き残ってしまったのか。けれども街灯がポツリポツリとあるのだから、道ではあるのだろう。家々はどれもこの路地に背を向けるようにして建っている。路地は東から西に抜けていた。といっても、その西のどん詰まりに、Ｓ子のアパートはあった。

Ｂ医院の角から百メートルも入っているだろうか。こんな陰鬱《いんうつ》な路地の奥のアパートに住んでいること自体、奇妙なことである。この行き帰りのたびに坑道みたいな閉塞感を感じるその奥に、平気でいられるS子という人を、私はちゃんと理解しているのだろうか。垣根沿いの雑草は勢いなく枯れて、人の踏み歩くわずかな空間だけが道らしかった。いやその狭さはやはり、路地というべきだろう。いや小径といってもいい。術後のメスの跡のかさぶたのように光っている。しかしこれはもしかして私にとって、一つの誘惑だったのかも知れない。この蚰蜒路をたどっているうち、神経が痛い痛いと呻《うめ》いていたのか、会いたい会いたいと喘《あえ》いでいたのか。きっと両方だったように思う。

B病院の角を曲がった瞬間から、私はハエトリ瓶に飛び込んでしまった銀バエのように、バタバタと心が騒いだ。不快感の核に恍惚感がしみてくるような、えもいわれぬ、どうしようもないざわめきを感じるのだ。これはもしかして、私は東から西に塞《ふさ》がれた盲腸のような突き当たりにあるアパートの、暗い一室を目指して、ハエトリ瓶を垂直に落下するように、その路を滑り落ちて行く。いやきっと、私はこの路を墜落しているのだ。気を失いそうな墜落感こそが、この蚰蜒路を歩く誘惑なのではないだろうか。墜落と堕落が、分銅《ふんどう》のように乗った天秤《てんびん》を私は両手で持っている。ぐらぐら揺れるのを必死でバランスを取ろうとしている。危ない危ない、この天秤が路地に落ちたらどうなるのだ。私は必死に天秤のバランスを取ろうとする。と、あろうことか分銅がS子の乳房に変わった。墜落が左乳房、堕落が右乳房。いやそんなことがあろうはずもない。分銅の硬さ冷たさは乳房に比べられるわけもない、と思っていると、分銅は熱くなりだし、緩《ゆる》やかに柔らかくなり出すのだ。

これは間違い無く私の願望なのだろう。私が両の手を前にかざしているのは、枯れた垣根沿いの雑草と、垣根から伸び放題の木の枝や葉を、かき分けるように歩いているからなのだ。私はすでに、藪の奥深くに嵌《はま》ってしまったように、用心深く歩かなくてはならなくなっている。昼間のうちにこの路地に入ったはずなのに、遠い間隔の街灯が灯《つ》き出して、辺りはすっかり暗いのだ。ジェット機の飛行音は聞こえるのだけれど、月も星も見えない。それにいつまで歩いても、西のどん詰まりにあるS子のアパートに着けない。

何度も通っている路地なのに今日は随分様子が違うのだ。振り返ると路地は湾曲しているせいか、真っ暗である。こうなったらS子の部屋に行くしかないだろう。あるいは引き返してはいけないという暗喩《あんゆ》の中に、私は佇んでいるのかも知れない。滑り落ちるようにして、路地をずるずると進んでいる。あたりはどんどん溶暗していく。視覚を失ったよう

に世界はもう真っ暗なのだ。

「あそこはね、むかし小さな川があったそうよ。このアパートは中洲みたいな場所でね、ほら裏に川があるじゃない、あそこに流れていたんだって。そのあと暗渠《あんきょ》にしてね、だからあの下には今でも水が流れていると思うのだけど。暗渠になる前は、板が橋のように小川を塞いでいたというから、ちょっといいでしょ。ここの大家さんというのは、風流人というか、まあ変人だったみたいで、板を張る前は舟浮かべて、ギッコラギッコラここまで漕いでいたそうよ。

最初からアパートなんかじゃなくてね、別邸。それを四分割してアパートにしたらしいわ。この古さは相当なものよ。戦後すぐのことだというから、七〇年は経っているんじゃない。私も変人だからさ、モダンなマンションなんかよりも、魑魅魍魎《ちみもうりょう》の潜んでいそうなそんな住処《すみか》が好きなのね。きっと私も魑魅魍魎なのかも知れない。犬歯長いしさ、尾骨少し出てるでしょ。髪の毛の真ん中に大きな口があるの、隠しているけど。人間になりきれていないところが、いいんだよね。あなたもちょっとそう。私に興味を持つということだけで、やっぱり少し変なの。

アパートの入り口のところに少し大きな石がドスンとあるでしょ。あれが小川を二股に分けたんだね。中洲というのは、治外法権というか、居留地というか、租界《そかい》。海だったら出島だよね、異界。世間って、当たり前を大切にするでしょ。それはいいことだよ、みんながね、当たり障《さわ》りなく生きていくためにはね。退屈に飽きない人たちって偉いよね。そうじゃないと生きにくいものね。結構過激に人生楽しんでる風な人でも、やっぱりどこかで保守的だよね。それが一番だと思う。そのくらいのバランス感覚がある人が、世間では大人と思われているし、かっこいいんだよね。

そこいくと私は世間的には少し病気かも知れない。ドラキュラとかさ、フランケンシュタインとか、犬男みたいな最初っから抱え込んでいる、周りから見ればさ、病気、悲しみに詰まってるみたいなのがさ、たまらなくない？　愛おしくない？　心が、そんなことばっかりに動かされてしまうんだよね。それは憧れであって、私ではない。私の遠くにあるもの。手の届かない、会うこともない、幻。そんなのをいつも網膜の裏に焼き付けて生きている。はがしたいけど、はがれない。いい加減、そんな自分に飽き飽きしているのかも知れないけど。

でもね、自分に飽きてしまったらどうなるの？　私が私に飽きて、他の私になったりしたら、幸せになれるの？　どんなになっても、私が私であるという、確証は続くの？　疑問だらけの私が、もう一度、ギッコラギッコラ舟漕いで、私じゃない、別の私のところに漕ぎ出すことなんて出来るの？　そんなつもりも、気持ちもないのだから、私はむかし中洲だったここでゆらゆら揺れてるだけなの。わけもなく揺れてるの。時々あなたが来て、とても強く揺らしてくれるの。それだけで、今は充分だわ」

オオアリクイの舌

Ａ市にある公立美術館の主任キュレーターのＨ氏が、空港まで迎えに来てくれた。

「今年は雪が少なくてね」

「でも、ここでは雪は降らないんでしょ」

「？」

「だって、雪のことをユギって言うって教えてくれたのは、Ｈさんだよ」

「そうそう、今年はユギが少なくてね」

と、Ｈ氏は苦笑する。ささやかにぱらつくユギに、それでも外気はキンとして、北国に来た感慨がある。Ｈ氏の運転する小さな車に乗り込んだ。

「『高丘親王航海記』を読み直しましたよ」

「そう」

私は都内の画廊で澁澤龍彦の『高丘親王航海記』の挿画展をやったばかりだった。H氏は会場に来られなかったけど、気になって本を読み直してみたそうだ。

「あれ、オオアリクイと、貘《ばく》がいいですね。ジュゴンもね」

「犬頭の男や、ベンガル虎もいいよね。それに鳥女も重要ですよ」

「でも、なんといっても藤原薬子《ふじわらのくすこ》だね」

「そう、薬子の胎内めぐりみたいな旅行記だから」

ユギが少し本降りになって、H氏はワイパーを回す。

「ジュゴンがジャングルを歩くでしょ、それでもうダメだなんて言う。すごいね」

「人語を解するようになるからね、しゃべり出すし、そうすると死ぬ」

「ジュゴンの命だからやっぱり、ジュ命っていうのかな」

「いいね」

「私は牛タンが嫌いでね。あれ、牛さんとキスしているみたいでしょ」とH氏。

「すごい想像力だね、まあ丸ごと出てきたら、ちょっと食欲はなくなるかな」

「ちょっとじゃないでしょ」

「スライスしてあるからね、最近は厚切りも人気あるみたいだけど、結構好きですよ」

「牛タン食う女はダメだね」

「でも、女性ファンは多いんじゃない？」

「牛タンファンの女か」

「でもなんで牛タンなの？」

「オオアリクイの舌のことを考えていたのね。１メートル以上あるでしょ」

「あるでしょ。食べたいの？」

「いやいや。舌出して、アリが集まるとヒュッと食べる」

「アリを食ってるから、うまいかも知れないね。南アメリカではきっと食ってるね」

「食ってるね」

「あれも、澁澤の本の中では人語を喋る」

「神経質そうにイライラしている」

「いいね、イライラしているオオアリクイ。肉はまずそうだね。イライラしている肉は、まずまずい」

「貘の肉はうまいのかな」

「良い夢を食べたやつはね。ウンコまで香ばしくなる」

「と書いていたね。でも、パタリヤパタタ姫は食べていなかった」

「そうそう、あの姫もいい。薬子の化身でしょ」

「そうですね」

「獏に夢を食われるって、どんな感じなのかな」

「見た夢を忘れる」

「そうだけど、食べられている最中は？」

「夢を食われるのだから、夢捨夢捨《むしゃむしゃ》音がするとか」

「そうか。脳みそが痺れるとか」

「でも、獏の肉も食ってるだろうね」

「食ってるね。なんか。ジビエの講習会みたいだけど」

「犬頭の男は？」

「あれはダメだよ、半分人間だから、食人になっちゃう」

「でも犬が混じっているんだから、人肉より旨いんじゃない？」

「さあね、興味ないけど」

「人間の肉だったらどこ食いたい？」

「尻とか、おっぱいとか？」

「脂っぽくない？」

「じゃあどこ？」

「小陰唇とか。コリコリしていて歯応えありそう。何れにしても女性の肉がいいね」

「やばいね、そりゃカンニバリズムだよ」

「一応ね。でもやっぱり薬子だね」

「薬子だね」

「悪い女だけど、そこがいい」

「いい女でしょう」

「悪くても手放したくない女ね」

「オオアリクイみたいにイライラするんだけどね、手放せない」

「そうそう」

しばらく会話が途絶えた。それぞれに薬子の画像を思い描いているのだろう。

「あのさ、この先が二股に分かれているんだけど、右に行く？　左に行く？」

「任せます」

「右に行けば獏、左に行けばオオアリクイ」

「見たいのは、オオアリクイかな」

「わかった」

道は降るユギに視界がおぼつかなくなっていたが、しばらくすると道の真ん中に赤いランプが見え出して、二股道路の分岐点のようだった。H氏は左にゆっくりとハンドルを切った。程なくユギが小降りになったのでH氏はワイパーを止めた。


西空の方が明るくなって、やがて陽が差してきた。見慣れぬ植生の樹林に入り、そこを抜けるとカッと太陽の熱が小さな車を包んだ。と思う間に大きなサボテンがダンサーのようにくねくねと立ち並び、赤い砂漠に侵入したかと思うと、大きなアリ塚が点在し始めた。

「さあ、オオアリクイの舌を食べましょうか。この先にちょっといいレストランがあるんです。楽しみにしていてください。失望させませんよ」

H氏は舌をペロリと出して笑った。

カチカチ氏のN楼会《エヌろうかい》

N楼にはいくつの階段があるのかわからない。どの部屋に行くのにも、必ず一つは階段を上り下りすることになる。だから一階とか二階とかいった概念がない。部屋にはアルファベットの記号が付く。AからNまであるから十四の部屋があるはずだ。それにまず玄関口に入るまでのポーチが、十三段の階段なのだ。柿色のテラコッタが貼ってある。楼全体は大小の箱を積み上げたようにデコボコしている。そのどれもが様々な素材で外装しているので、倉庫に乱雑に積み上げられた荷物のタワーのようにも見える。焼いた杉板であったり、竹を編んだ網代《あじろ》だったり、薄く雲母《うんも》を貼ったものだったり、チタンの延べ板であったり、石灰を捏《こ》ねたコテ跡が鱗《うろこ》のような壁面だったり、色モルタルを塗ったものだったりと、あるいはどのような施工をしているのかもわからぬ、奇妙な壁面も随分ある。窓はそれぞれの部屋にひとつづつ、磨《す》りガラスが嵌《は》め込まれた正方形のものが付いているが、外側に面していない部屋には、階段部分に開口された窓がある。楼の中間部に、シャワーの付いたトイレがあるが、キッチンはない。明らかに生活するための楼ではないようだ。部屋の大きさはせいぜい八畳ぐらいのもので、それよりも小さいのも多い。部屋は外部に比べるときわめてシンプルで、板床に漆喰《しっくい》の白壁、シーリングも白、電燈は部屋に一燈だけ、乳白色のガラス製で少しクラシックなシェードである。

N楼は、円形に等間隔に植えられた赤松に囲まれていて、赤松の枝が網のように絡《から》みついていて、天井の抜けた鳥籠の中に屹立《きつりつ》するようにしてある。餌つけでもしたかのようにカラスが枝々にとまって、近づくものを威嚇《いかく》するように鳴いている。あるいは巣でもあるのかも知れない。その外縁は春小麦の畑で、さらに外側には農業用水の小さな川に囲まれている。その先のことはわからない。つまりN楼の記述はそこで終わっているからだ。

N楼への招待状を送ってくれたのは、音楽家のN氏だった。作曲家であるが石笛の奏者でもある。世界中を旅して珍しい石を採集して、それを自分で彫《ほ》って石笛にする。カチカチと小さな鑿《のみ》で石を彫っていく。だからみんなは彼のことをカチカチ氏と呼んだ。カチカチ氏のカチカチ音は常に録音されていて、それが彼の音楽作品にもなっていた。イエローナイフでオーロラに照らし出された鉱山跡で掘り出した石と、ジャワ島のケチャの広場で毎日ケチャを聞いている路傍《ろぼう》の石と、そのカチカチ音を聞き分けるのは、とても困難な作業である。カチカチ氏はその違いを言葉で表すことが出来た。イエローナイフの石は、オーララルという音がしますと言い、ジャワ島の石は、ケチャッチャと鳴ってるでしょと言う。言われてみるとそう聞こえた。簡単すぎる解説だが、分かりやすかった。

N楼に行くには、ひとまずN市のN駅に行くことになっていた。N楼会というイベントがあるというそれだけの表記だった。招待されたという十四人が誰かもわからないが、N氏だから音楽会をやるのだろうと招待客たちは思っているはずだった。カラスの焼き鳥を食べさせられるといった噂を聞いたことがあるが、きっとデマだと思う。日にちが近づくにつれて、期待以上に不安が募《つの》った。しかも逃れられない不安が、徐々に治癒《ちゆ》出来ない病魔のように体内に増殖し始めていた。困ったことに誘われたなと思うと余計に、痛みまでをも感じるようになった。十四人の招待客がこぞって恐怖を感じるようになっていった。

N楼会の追伸が届いた。「十分な情報をお出し出来ないで申し訳ありません。みなさんご不安を感じてらっしゃるのではと思いまして、ちょっとだけ情報をお出し致します。料

TATARA SANCUTUARY
RODENTIA ZOO

理はもちろんお出ししますが、カラスの焼き鳥は出ませんのでご安心を」とあった。

妙な噂が流れていることを、カチカチ氏のN氏はわかっていたようだ。あるいは招待客の一人がそんな噂をN氏に確認したのかも知れない。そして青っぽい粉と、赤っぽい粉の入ったセロファンの小さな袋が二つあり、「これはイエローナイフのオーロラの光りを浴びた石と、ジャワ島のケチャを聞いた石の粉です。両方を飲んでいただけると、随分と精神が安定されるのでお試しください」追伸はそれだけだった。


N楼会の招待者が、N市のN駅に集合した。真っ青な顔をした人が十四人突っ立っていたので、それとすぐにわかった。誰も石の粉を飲んだ様子がなかった。しかも全員知らない人だった。カチカチ氏のN氏はにこやかに出迎えて、それらの十四人を十四個の一辺一メートルほどの匣《はこ》に入れた。行く道がわかると面白くないでしょ、というのが言い訳だった。匣の中にはまあるい白いクッションが一つ置いてあって、いい匂いがした。蓋が閉められると、招待客たちはすぐに眠りだした。

N楼に着いた時は、それぞれがそれぞれの部屋の中に一人でいた。それからN楼会は始まった。カチカチ氏のN氏は、会の始めに、「ここであったことは決して他言のないようにお願いしますね。それだけがこの会のルールでして」と言った。しかしN楼会に招待された十四人は、結局そこで何があったか、全く記憶の無いまま、気がついたら自宅の部屋に戻っていた。ほのかに、小さな匣の中の白いクッションのここち良い匂いが、思い出せたことと、是非もう一度訪ねてみたいという思いだけが残った。加えるに、カチカチ氏のN氏の顔すらも、思い出すことが出来なかった。

海辺のカとフカ

カとフカは、その時海辺にいた。フカが海から離れる時は、その死を意味している。フカは実に、死につつあった。カは海にいる必然性はそうなかった。カにとって波高い海は生きづらい場所だからだ。しかしカが海辺にいるのには、それなりの理由があった。海辺には海の小さな生物たちの死が散乱し、栄養たっぷりなごちそうに溢れている。しかも夏には、肌を多く露出する男や女が集まって来るからだ。一瞬その肌を奇襲して血を吸い、そのお礼に痒みを残す。そのせめてもの薄謝を人間はひどく嫌った。吸血を察知した人間は自分の肌が痛くなるのも恐れず、激しく叩《たた》く。カは瞬時に吸った赤いヘモグロビンに彩られて圧死する。しかしその死は、すべての死の中で、もっとも劇的で官能的である。小さいけれども、華やかですらある。カの世界ではそれを「ファターキー」といって、栄光至高の死とされていた。なぜならほとんどの場合、叩かれるのが怖くなり、吸血すると咄嗟《とっさ》にその肌から離れてしまうからだ。死ぬ瞬間まで血を吸い続けるからこそ、官能であり、至福なのである。

この海辺にいるフカはまだ死んでいない。カとフカは、港からも、海水浴場からも離れた、岩場の影の小さな砂浜にいた。フカの黒い大きな尾ビレは波が来るたびに、楊貴妃の扇のように鷹揚《おうよう》に揺れた。海は凪ぎはじめ、崖の上の雑木林の蝉は、相変わらずうるさく鳴き続け、夏雲が水平線をぼかし出していた。

カとフカが、交信出来ることを知る人は少ないだろう。カの羽音は３ヘルス、フカの排気音は３３００ヘルツ。この１１１００倍の周波数は、奇跡的に二者の信号を同期させるのだ。カはフカの目蓋《まぶた》の縁にとまり、フカの井戸のように深い目のなかを覗き込みながら言った。

「まだ、死んでないかい？　こんな砂浜に打ち上がっちまって、どういう魂胆なんだい」

「あんたは希求っていう意味がわかるかい？」

「キキュー？　でかい布玉に火を焚《た》いて空に昇るやつかい。あの火に入って草原の仲間がずいぶん焼け死んだがな」

「それは気球だよ。希求っていうのはね、まあ、ネガイだね。例えば人間が月に行きたいと思う気持ちとか、高丘親王が死んでもいいからと、天竺《てんじく》を目指したようにね。私はどうしても、陸というものに上がってみたかったのよ」

「死んでもかい？」

「死んでもよ。そしてもうじききっと死ぬわ」

「お前さんたちがまだ、鰐《わに》と呼ばれていた出雲風土記の頃の、隔世遺伝的な願望かね。因幡《いなば》の白兎の皮なぞひん剥《む》いて、その獰猛《どうもう》さも神話級に立派だったねえ。ところがなんだい、スピルバーグとかいうアチャラカの若造が『ジョーズ』なんていう映画を作ってからは、お前さんたちは決定的にエンターテインメントな海生生物になっちまったねえ」

目蓋の上で、ブンブンと小うるさいカを、フカはぎょろりと睨《にら》んだ。

「あんたはさ、そんな小さな体で、一体何が楽しみで生きてるんだい？」

「バカいっちゃいけねえ。オレたちは1秒間に520回も羽ばたきが出来るんだ。オスプレーなんか問題じゃあねえ。それに生きる意味と、体の大きさとは関係ないねえ」

「でもそんなに小さな脳味噌では、ろくなことも考えないだろう」

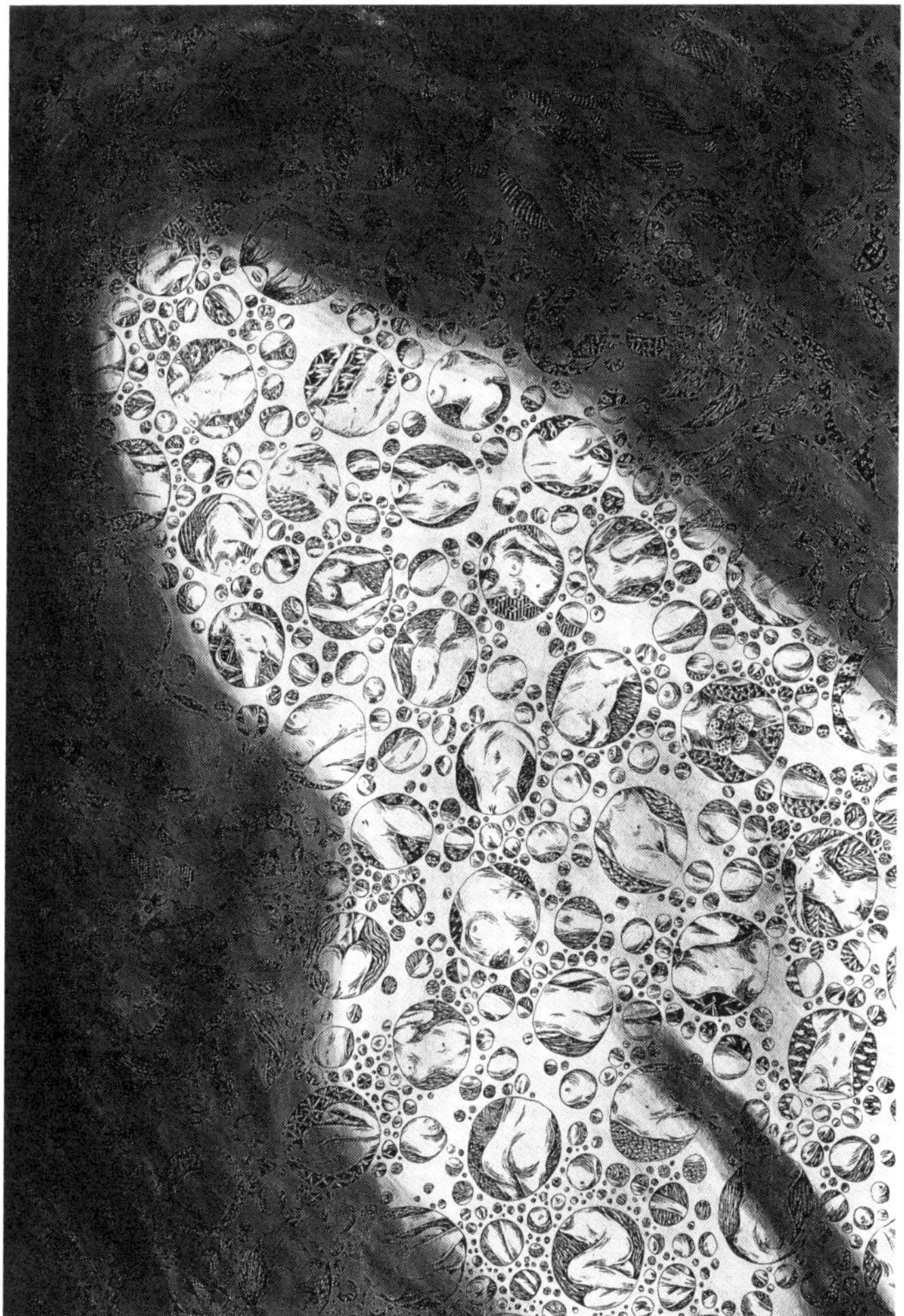

「とんでもねえ。オレたちの仲間には、地球上の生物をマラリヤ病で全滅させて、蚊の王国を造ろうって目論む奴だっているんだ。驚いたか！」

「それは驚いたね。だって地球上の生物がみんな死んでしまったら、あんたたち一体誰から血を吸うのさ。それに海生生物はマラリヤなんかで死にやしないよ」

「ロクデナシメ、オレたちは卵生から幼虫期までは、ずっと水の中で暮らしてんだ。水の中の世界だってきっと制覇《せいは》出来るさ。あんた、ボウフラって漢字書けるかい？　それが出来りゃあ、ちったあ、尊敬もしてやろうってもんだが」

「子供の子の字の横棒のしっぽが短いのと、しっぽの前がちょん切れてるやつだろ」

フカは脇ヒレをわずかに動かして、孑孒《ぼうふら》の字を書いた。

「う、うれしいねえ。孑孒なんて漢字を書けるのは、ロザンの宇治原か、宮崎美子ぐらいなもんだ。それがもうじき死のうというフカのあんたが書けるなんて、もったいないねえ」

「あたしはね、あんたたちが水中育ちなのに、大きくなると空に飛んでいくのが羨《うらや》ましくてならなかった」

「ヤゴも、ゲンゴロウもいるけどな」

「そうだね、いいねえ」

鉛色の海の向こうに太陽がゆっくりと沈み始め、夏雲の輪郭《りんかく》が茜色《あかねいろ》に輝き出した。

「ああ、お腹の子供たちが出たがって暴れ始めたわ。私の腹を食いちぎって海に出ようとしている。だのに変だわ、少しも痛みがない、感じない」

「残念だが、1センチほどの透き通った稚魚たちが、あんたの垂れ流す胎水《たいすい》に滑りながら、どんどん海の方に泳ぎ出している。あんたにはそれを感知する力がなくなったってことだ」

「何だって、私の子たちが泳ぎ出してるって！　どおりで体が軽くなったようだよ。これなら、空も飛べそうだよ」

脇ヒレをわずかに上下させる。

「あんた、ほんとに空を飛びたいのかい？」

「・・・」

「飛びたいっていうのなら、おれが一肌脱いでやろうか」

「そりゃあ飛びたいけど、300キロもある私が、空を飛べるわけもない。希求、だよ」

「オイコラ、おれをバカにすんじゃねえ。カの字は力の漢字にそっくりだろう。ってことは、おれたちには力があるんだ。ちょっと待ってなよ、少し辛抱しな」

「・・・」

カは、どんよりとした井戸のようなフカの目を覗き込んだ。

「死ぬんじゃねえよ。きっと、すぐに帰って来るからな。待ってなよ」

「・・・」

カはすっ飛ぶように、暗い影のようになって崖の上の雑木林のほうに消えた。フカは満ち始めた汐に半身をゆっくりと揺られながら、眠るように砂浜に横たわっている。


しばらくして、崖の上の雑木林の方から、小さくなった蝉の鳴き声をかき消すように、ムーーっという音が溢れ出した。それは海からのわずかな残照を受けて、霞のようにたなびく薄明るい光の帯となって移動してくる。ムーーという音は一段と大きくなり、滑らかな瀧のように崖を下ると、フカのいる小さな砂浜に流れ込んだ。天女の羽衣のようなその光は、フカの大きな体を包むように覆うと、しばらくはそのままひらひらと光っていたが、その形のままゆっくりと上昇を始めた。

巻貝圖象学《まきがいずぞうがく》

小さな青暗い山のあちこちから、巨《おお》きな鬼が湯から出たような湯気が上がり出した。それが風で西の方角にゆっくりと流れ出している。マキオは小さなデジタルカメラを首から掛けていた。外に出る時の習慣なのだ。雨の降り止んだ梢から、生まれたばかりのバロック貝のような光の玉が、周りの景色を映し透かしているのにレンズを向けている。雨粒は液体というよりも、鉱物のような硬質な輝度《きど》を持っていた。ひと雫が落ちると地表に小さなクレーターを穿《うが》って消えた。それは雨上がりのレインツリーの下にいるように続いている。

ここら辺りが貝殻山といわれるのは、以前アンモナイトの化石が多く出たからだ。ニッポニテスはアンモナイトのなかでも、貝殻の上にとぐろを巻いた糞が乗っかったような形状をしている。マキオはある博物館でニッポニテスを見てから、密かにそれを「糞貝《ふんがい》」と名付けて愛好していた。しかしサザエも、シッタカも、楊枝や串のようなものでその体躯《たいく》を掻き出せば、ことごとく糞のような形状をしているのだから、慌《あわ》てるまでもない。その体躯の先細った先端には、ゼロから無限大に増殖して行く遺伝子の信号が組み込まれているのだろう。だから時として、ドイツ・ノルトライン＝ヴェストファーレン州で発見されたアンモナイトが、２メートルを超す直径を有していたのも当然である。螺旋は常に銀河星雲のように、無限大を指向しているのだから。

アンモナイトも、オームガイのように、螺環《らかん》と呼ばれる殻の内部は、軟体部が納まる一番外側の住房（大部屋）と、その奥にあって複数の浮力を担う気房（小部屋）の連なりとで構成されているという。気房は、対数（ベルヌーイ）螺旋をもって配置される隔壁《かくへき》（セプタ）によって奥から順次区分され、そこにあった体液は排出され、代わりに空気が入って浮き袋化している。つまり大きな殻を持っていても、殻のなかの沢山の気房がアンモナイトや、オームガイの行動を俊敏にしているのだ。無限大と虚空（ゼロ）の数学的関係式こそ巻貝の生態を解くキーワードなのである。ちなみに、マキオが少年時代に熱中した、ジュール・ヴェルヌの『海底2万哩《マイル》』の潜水艦ノーチラス号は、オームガイの属名、ノーチラス属からとったものである。

貝殻山の裾野に広がるユーカリの森に、コアラの姿を見るわけもない。コアラはオーストラリアの東南部のみに生息する希少種だからだ。ユーカリの葉はタンニンや油分を多く含有し、昆虫や野生動物を寄せ付けない。けれども闘争能力が低く単独生息するコアラは、こうした葉を食さざるをえない。葉の持つ毒素に対抗して独自に生成した酵素の働きと、2メートルにも長大化し進化した盲腸。一日に1キロの葉を食べると、あとの時間はほとんど寝ている。コアラの幼児はサザエかシッタカのような、ニッポニテスの糞のような形をしている。それが有袋《ゆうたい》に潜み排便し、さぞかしその有袋の中は臭いのだろう。母親の肛門から出て来るパップという離乳食を食べて育つ。このことで幼児はユーカリの葉の毒素に対抗する微生物を受け継ぐ。小さな舟型のユーカリの葉影からこぼれた光が、湿った地表をゆらゆらと撫でている。

マキオは浅瀬の水の上を歩いているような錯覚をした。コアラの胎内で、2メートルにも進化した盲腸はどのようなとぐろを巻いているのだろうか。パップを生成する全長2メートルの巻貝が、アンモナイトのように潜んでいる様を想像すると、コアラも巻貝の亜種のようにも思えて来る。シブサワタツヒコの『夢の宇宙誌』の中に、中世美術史家バルトルシャイティス教授の描いた不思議な図柄の刻まれた、古代の宝石の模写画を紹介している。

「カタツムリのような巻貝の貝殻から、馬だの、驢馬《ろば》だの、羊だの、鹿だの、兎だの、象だのといった獣たちが、ひょっこり飛び出してくる図である。大きい（はずの）動物が小さい（はずの）貝殻から飛び出してくるという着想は、その現実のダイメンジョンをことさらに逆転させたところが、まことに奇妙で、グロテスクで、おもしろい」

マキオはさらに逆転して、コアラの肛門から大きな巻貝が出現する図を考えて、これこそ「糞貝」だなと一人ほくそ笑んだ。しかし、ユーカリの木もオーストラリアの特定地域に、コアラと同じように分布しているのだから、この貝殻山のユーカリの森は植林に違いない。50メートルをゆうに超す、成長の早い巨木は木材に適しているから、どこぞの林業会社の所有する森なのだろう。あるいは近在の動物園で飼育されている、コアラの餌のた

めに植樹されたのかもしれない。ユーカリの森はゆっくりと右に旋回していた。

マキオが森のあちこちをカメラレンズで覗いていると、フッと陽が翳《かげ》り、梢をこするゆるい風の音が聴こえた。それは低い湿った音と、中音の乾いた二種類の音に聴こえた。小さな音だった。径《みち》は少し狭くなり、ユーカリの木の丈も、10メートルほどになる。森はさらに翳り出し、径の湾曲も鋭くなり、行く先はユーカリの幹と葉ばかりに遮《さえぎ》られるような視角となった。風の音はとぎれとぎれではあるが、はっきりと聴こえてくる。ホーという、ヒーという音である。それは径を這うように低いところから聴こえてきた。

マキオが暗くカーブした、緑の回廊のような径の先にカメラレンズを向けると、青い液晶画面が小さな人影をとらえた。マキオははっと息をのんだ。レンズの先を見ると、両手を頰の辺りに握り、少しうずくまるような姿勢で立っている、大理石色のワンピースを着た少女だった。そこから、ホーという、ヒーという音は鳴っていた。少女は両手を少しづつずらしながら、その音を出している。笛でも持っているのだろうか。少女の背中にははっきりと、少し右に傾いだ瘤《こぶ》が見て取れた。少女はマキオに気づくと、ふたつの笛を吹きながら後ずさって行く。そして径が湾曲しているので、すーっとマキオの視角から消えた。

マキオは慌てて歩を早めて径を行くと、少女は同じ姿勢のまま径の中程にいた。しかしマキオとの距離が離れたわけでもないのに、小さくなったように見えた。その分背中の瘤が大きく見える。カメラの液晶画面を覗いているうち、また少女の姿は消えてしまった。マキオが早足で歩くと、少女はすぐそこにいた。けれどもずいぶん小さくなって、大きくなった背中の瘤の中に、足から潜り込もうとしているところだった。そうしながら、ホーという、ヒーという音を鳴らしている。マキオは位置を確認してシャッターを押した。

暗い森の径が一瞬エメラルド色に光って、少し前より一層の闇の中に立っていた。目が慣れて来ると、そこには少女の顔をした大きなカタツムリが径にうずくまっている。又シャッターを押すと、径は小さな祠《ほこら》のようにフラッシュの光をはね返した。マキオはバルルシャイティス教授の宝石図案を反芻するかのように、呆然と闇の中にいた。気をとり直して、液晶画面でいま写した二枚の画像を確認すると、画面一杯のエメラルド色のリフレクションと、祠のように中心部が暗い白い画像があるだけである。森の径の遠くを見据えるように目を凝らしてみると、そこはもう森の行き止まりで、径にはカタツムリの殻がふたつ落ちているだけであった。

ちょろの鰹節鬼《かつぶしおに》

硬い芽吹きの蕾からほどけだした若葉が、黒い阿弥陀籤《あみだくじ》の枝々で、今《いま》ぞとこぞって目まぐるしく噴き出し始めていた。薄桃色の盛大な花だけが、花曇りの空にこびりつくように覆《おお》っていた先頃よりも、森は一層に華やいで、若緑の淡い影の中に空気が濡れるように潤《うるお》っている。桜花一色の爛漫たる世界より、残りの花の薄紅と、目覚めたばかりの若葉の薄緑、薄茶、年を越した常緑の濃い緑やと、撹乱《かくらん》するまだらに失敗した印象派の画布の今にこそ、春の息吹を感受する。花の単質で独裁的な時空間よりも、わけのわからぬ色の氾濫の中で、夏に向かう旺盛な植物たちの膨張に、命の信号を官能する。私はこの小さな森の茂みの闇を、泥酔したメニエール病者のように、髭《ひげ》を切られた小獣のように、ふらふら無方向に彷徨している。

羊歯類《しだるい》の網葉に覆われた岩陰の水苔の暗がりに、水の音がした。水銀のような輝きの小さな水脈が無自覚な音楽を奏でている。それは、めめのめのめと誘惑するような音符に聴えてくる。めめのめとは飲めない。この水が腹の中に入れば水銀となって内臓が発火してしまう。息を吐けば赤い気炎となり、気がつけば自分は、鱗《うろこ》に覆《おお》われた小龍になっている。戻れるものなら一度くらい小龍にもなってみたいと思うが、龍のままで死ぬことを思うと途方にくれる。のたうったまま谷の川に滑り落ちて、鱗の鎧《よろい》を羽織ったまま腐乱していくのだろうか。野鳥に突かれて鳥葬されるのだろうか。鱗はそれぞれの野鳥の営巣に運び込まれるのだろうか。散骨のように、私の鱗が森の樹々の小さな巣の一片として、星座のように輝くだろうか。それは美しいだろうか、妖しいだろうか。そんなことを思いながら、薄紅と薄緑の不定形の眩暈《めまい》の中にゆっくりと沈んで行くのを感じた。

「お前ざんぎゃ龍ににゃりでへにゃろば、ぞの湧水ぼ飲んでごろっち。きっどにゃれるであ。じゃもなあ、龍語は難じいじゃい。喋るるようになでぼ、聞げる相手ぼいなぎゃ。そごいぎゃあ、鬼語ば人語ど一緒どで。もっども鬼語の方ぎゃ古いっでわけだがじゃ。決もっとるにゃし、人間どいうやつぁ鬼様の真似じで、人語ぼ作ったどざ。でからちょうど訛《なま》ってでるなべ。鬼様の言葉のぼうぎゃにゃ、純粋に先駆的にゃあのど」

ぶつぶつ薄紅と薄緑の抽象形の揺籃《ようらん》する梢につかまって、こちらを注視俯瞰《ちゅうしふかん》する、とりとめもない大小の獣が多数見えた。「そじゃる、そじゃら」と、それらは一頭の獣の言動に賛同して、暗い奇体な影はざわざわと頭を頷《うなず》かせている。

春の芽吹きの精気にやられてしまったのか、覚醒出来ないでいる幻燈機の曖昧な映像の中で、やたら暗くて眩しい世界に目を細めながら、確認しがたい奇体な獣たちの動静を窺う。幹や梢につかまってざわついている。群生しているのだから、ソサエティを持っているのだろう。それにしても、なぜ私に話しかけているのか。明らかに、私が水苔の湧水《ゆうすい》を、飲もうか飲むまいかと躊躇《ちゅうちょ》していたそのことをわかって、それは話しかけてきているのだ。深想を読みとるサイコキネシスである。そうに違いない。

「そじゃるそじゃら、鬼様ば心読めるばど。人間ば偉そうでぼバガだで、心ぼよめなぜん。ぼんどぼんだ、バガなりぬ」

と言うと、ばさりと顔の横に小さな獣の一頭が舞い降りた。ぬるっとした水銀色である。

けれども柘榴《ざくろ》のようにぱっくりと頭頂部が割れていて、削り節状の脳漿《のうしょう》が光りながら垂れ出し、その中央に鰹節が突き立っている。鬼の角にでも見立てているのだろうが、頭部は明らかに鰹節削り箱の化け物である。

「わじがちょろの鰹節鬼《かつぶしおに》じゃいろ。鬼いうばみな奇神じょ。おにば恩荷のことだば、命の恩を背負って生ぎでる奇神じょ。ぬじが頭が龍神になりがかっでおっだので、思わず声がげじだじょん。ぬじも奇神じょわ」

見ると股間に大きな鱈子《たらこ》の陽根が突き刺さっている。興奮しているのだ。「ちょろ」が「長老」のことだとすぐに理解する。ちょろの鰹節鬼の接近は、私が半龍人だからだというのだ。私は私の顔を見ようとするが、見えるわけもない。手で顔を撫でても龍の気配もない。

「ぞりゃぞうぞ、ぬじばまだ龍人でばあらぬん。でぼ、もうずぐなれるぅぞ。ざざ、この瓢《ひさご》の水ぼ飲めば、もう龍人ぞん。じだらばわれら鬼様と、百鬼夜行ぞん。わじらが祀《まつ》りじょん」

「百鬼夜行といえば、魑魅魍魎の化け物が、大騒ぎして行列するやつですか。平安時代のハロウィンみたいなやつですね」

「魑魅魍魎の化け物どばげじからんじゃぼ。わじらは奇神じょ、周りの世界を擬態《ぎたい》ずる奇体の鬼様でぼじゃる。ワニ虫が鰐の住む近ぐに寄生じで、鰐そっぐりになるよぼに、尊敬ど崇拝ど憧憬の変態にどれぼどエネルギと情熱ぼ、注ぎこぶか。さば飲め！　どんど飲め！　飲めばぬじは半龍人の鬼様になれぶど。ぞじで百鬼夜行ぞ。さば飲め！　ごの瓢の水ぼ飲べば、百鬼夜行が始まるど」

ちょろの鰹節削り箱が、笑いながら瓢を口元に運んでくる。森の木立の葉陰の中の多くの奇体な影がざわざわ揺れ出し、それは大きな風音となって、私の全身に降《ふ》りおりてくる。

チャコとチェシャとコチャ

——茶子さんに

　ポンドヒップの小さな家には三匹の猫が住んでいる。普段は二匹の猫しか見えないが、確かに三匹いて三つの声が聞こえてくる。もっとも主人のチャコだって、三歳の子猫の声でしゃべるかと思えば、三百歳の老猫のように咳き込みながら話したりするのだから。この家には一体何匹の猫が住んでいるのか、実は誰も知ることがない。けれども、いわゆる猫屋敷といわれるような佇《たたず》まいではもちろんない。静かな家である。といってもチャコとチェシャはよく笑う。間欠泉の温泉が噴き上げるように、時々おおきな笑い声も起こるが、あとは静かなものである。いやいや、チャコの大好きな帽子にだって、バッグにだって、コートにだって、セーターにだって、スカーフにだって、いろんな猫が住み着いているし、お気に入りの皿にも、コーヒーカップにも、バスタオルにも、トイレのスリッパにも、短い靴下にも、筆入れにも、よく見れば猫が生活している。ということは、相当な猫屋敷といっていいいかもしれない。

そういえばこのあたりをポンドヒップと呼んでいるのに、池が見当たらない。調べれば、北沢川と烏山川の合流地点に、人の字型の水溜りがあって、そこを蛇池、龍池、あるいは辰池などと呼んでいた。それが幕末当たりから干上がってしまったという。川を跨ぐ大きな木造りの橋もあって、ビッグブリッジの名も残っている。「ナゴリ」が、このあたり一帯に潜んでいる。「記憶」といってもいいかもしれない。「思い出」でもいい。形を失ったもの、あるいはささいなメモや、変色してしまった写真や、いいかげんなスケッチや、ほころんでしまった古着のようなもの、でもこのあたりを記述するためには、とても大事な証拠であるはずなのだけど、そんなものは当たり前のように消えて行ってしまう。残っているのは「コトバ」と、ぼんやりとした「ナゴリ」だけ。

この家ではチャコだけが、人間の姿になることが出来た。出かけるときにしばらく時間をかけて、人間というものに変身する。けれども時々慌てて外に飛び出すことがある。もちろん猫の姿のままでだ。そんな時はコチャになる。さすが、主人のチャコに似た猫だなあと感心されるが、もちろんチャコなのだから当然なのだけど。まあるいころころしたコチャは、周りの住人達にも人気がある。だって時々帽子をかぶり眼鏡をかけて、道をゆっくり歩いたりしているのだから。声をかけられたり、頭を撫でられたりするのはいつものことだ。チャコが人間の姿になって外に出ると、ホワイトストーンさんと呼ばれるセレブリティである。みんなが知っているので、ここでは語らない。ラジオやテレビでその声を聴く人は多いが、特にその屈託のない笑い声には屈指の評判がある。遠くでチャコが笑っていても、

「あ、ホワイトストーンさんがいる！」

と、みんなが気づくくらいである。

ところである春の宵、コチャはこっそりと「ナゴリ」の散歩に出かけた。花冷えで少し寒かったから、猫帽子と、大きな猫眼鏡と、猫靴下を履いて。桜の花が咲き出していた。ポツリポツリと立っていた桜の木が、いつの間にか並木になって、川を囲むよう鎮まっている。その向こうには木造りの大きな橋も見えて来て、川音も少し大きくなる。水流が落

ち合う地点で屈曲しているのでどのくらい大きな水溜りかわからない。コチャはその屈折点あたりまでのっそり歩いて行くと、龍が空にピンと跳ね上がったような格好で鈍色に光り、うっすらと桜の鱗をつけている池の全貌が見えて来た。

「あらあらやっぱりあったのね、これは確かにドラゴンポンド。でも、ドラゴンさんはゆっくりと地中に潜って、大きな土竜《もぐら》にでもなったのかしら、うふふふ」

そんなことをコチャが思っていると、池の水面に大きな渦が起こって、そこから麒麟《きりん》の角をしたナマズ髭の金髪ドラゴンがひょっこりと頭をもたげたのである。

「あらあらあら！」

と、コチャはそこにへたり込んだ。

「宇宙世界が、何十層にもなっているというのは量子力学的にも、形而上学的にも証明されているが。さて、そこにこうして潜り込めるというのは、なまなかな才能というか、根性というか、幸運というか、褒《ほ》めてつかわそう。それにしても、ポチャ猫、お前はどうしてこのドラゴンポンドを探り当てたのじゃ」

コチャはへたり込んだまま、

「はい、私は猫ですから、いつも町のいろんな隙間に入り込んでいるでしょ。だから隙間に入るのが得意なの。空間ばかりじゃなく、時間の隙間にも自由に入ることが出来るのよ。左腕をザラザラ舌で三度舐めて、それで左目を三度撫でると、右目は現在の世界にとどまり、左目は過去にも未来にも行けるの。それにはちょっとした妄想力も必要だけど、イメージさえ描ければ、見えてくるの。やっぱりドラゴンさんはいた。そう思っていたから、そうなったの」

「一五〇年も眠っていたワシをくすぐるように目覚めさせたポチャ猫よ、なぜワシなぞを探そうとした」

「相談相手を探していたの。そろそろポンドヒップのお家から、いとまごいする時期かしらって思って。でも主人のチャコはずいぶん私を可愛がってくれるし、もちろん私はチャコの分身だから、当たり前なのだけど」

「お前はいくつになった？」

「三歳かも知れないし、三百歳かも知れない。もうずいぶん生きたって感想はあるわ」

「猫と人間の両方を生きるとなると、それは三百歳かもな。じゃが、いとまごいといっても、これから一体どこに行きたいのだ」

「決まっているじゃない、私の行ったことのない世界よ。だからドラゴンさんを探していたの」

「お前の行ったことのない世界など、いくらでも知っとる。何しろワシは三千歳はゆうに超えておるからすごいぞ」

「わあうれしい。でも、私がポンドヒップのお家から出て行ってしまうと、チャコはどうなっちゃうのかしら、それが心配で、それも相談したいことだったわ」

「心配ごじゃらん。お前がここからいなくなるのと同時に、チャコも自然移動して、自分の行きたい世界に行くことになるさ」

「そうなんだ！」

「そうじゃ！」

ドラゴンは池の中からドドッと躰《からだ》を現して、コチャのところに顔を近づけると、もうすっかりドラゴンの異形になれたコチャは、麒麟の角にしがみつき、金髪のロングヘアーに跨《また》がった、と思う間にドラゴンは、桜の鱗を激しく撒き散らして、夜の天空高くに舞い上がった。

その朝、チャコはベットから起きてこなかった。チェシャが何度か啼《な》いてチャコを起こそうとしたが、チャコは起きることがなかった。けれどもしばらくしてチェシャには、チャコの声が聞こえてきた。

「大丈夫よ、私は今とても静かに安らいでいるの。いろんな楽しいこと思い出して、ドキドキしてるのよ。あなたとお別れするのは少し悲しいけど、でもいつかはみんなお別れするでしょ。それが今だっていうだけ。あなたとはよく笑ったわね。三百年分笑ったわ。幸せだったわよ。ありがとうね」

チェシャはチャコの声に耳を傾け、静かに横たわるチャコを見つめている。

青桐《あおぎり》の乳

青桐の樹は庭の南西にあった。午後の光の中で、三つに裂けた団扇のような大きな葉が、薄緑に透けて重なっていた。見上げるのに首が疲れるほど高かった。種子を梧桐子《ごとうし》というのだそうで、碧梧桐《へきごとう》の俳号はきっとここに由来するに違いない。しかしそんなことには関わりようもない、幼年のある日のことだから、碧梧桐のことはここでは忘れて欲しい。

青桐の樹幹には縦皺が刻まれていたが、触るとぬるりとしている。小さな手のひらがぺたりと吸いついたような、不愉快な生々しさがあった。私は小学校に上がる間際まで、母に乳をせがんだ。先ほどまでしゃぶりついていた母の乳房の感触にも似ていた。母が青桐の子なのではないかと疑ってみた。

青い太い樹幹に二つの白い乳房が垂れ下がっている、そんな気味の悪い姿が見えた。青桐の樹皮にはいくつもの傷が腫《は》れ上がってあった。いくつかは私の引っ掻《か》いたものだった。憎しみの記憶のようなものである。飲んだばかりの乳が喉の奥からこみ上げてきて、いっぱい吐いた。唇を舐《な》めると、乳の味が臭く酸っぱくなっていた。もう一度吐きそうになったが、苦しんだだけで乳は吐けなかった。涙が出ていた。はあはあ息をしていた。私は小児ぜんそくを患《わずら》っていたから、呼吸をすることが下手な子であった。吐いたばかりの乳に、もう蟻が嗅ぎ寄っていた。薄桃色の乳にいくつもの黒い塊がせわしなく動いていた。それをじっと見ていた。母の乳に寄りたかっている蟻の姿を憎悪した。なにかをかすめ取られているような、まるで蟻たちが私の小さな兄弟になってしまったような、不快感にもう一度吐きそうになった。

今度は少し吐けた。蟻たちの上にかかったが、蟻は少しも動じることなく忙《せわ》しなく動いていた。私は道に出て、路傍の持てる限りの大きな石を拾って戻ると、蟻たちの上に落とした。乳色の小さな海に大きな飛行物体が不時着するように、私の落とした大きな路傍の石は、母の乳の海に沈み出した。私は慌てて両足でその石の上に飛び乗ると、石がグラグラするので、バランスをとるために両手を広げた。石がゆっくり回転しているのが判った。

体が半分沈んだところで、青桐の手前にあるヤツデの葉の下に、セキセイインコが蝙蝠《こうもり》みたいに逆さにたくさん吊る下がっていたから、私は一瞬天上へ回転運動しながら上昇しているように錯覚した。セキセイインコはうるさく鳴き散らかしていて、路傍の石クルーズに出奔《しゅっぽん》する私を見送っているみたいだった。

インコ語がわからないのが悔しかったけれど、悪口を言われていたのかも知れない。と思う間に私は井戸のように掘り込まれた真っ暗な空間に、沈降し続けた。土の匂いがした。沈むにつれ井戸は幅を作り、縦型風穴のような広がりを持った。私が回転するその微小な風力で、周囲の壁が削られていくようにも見えた。泥土や岩盤が崩れる音と同時に、地下水が沁み落ちる音もした。ゆっくりと地底湖に降りていた。私の足元の路傍の石は難なくそこに浮いている。

石の下からオオアリクイほどもある蟻たちがいく匹も浮き上がり、二本の触角を眺望鏡のように立て、六本の脚を忙しなく掻き潜水艦のように進む。私が落ちてきた穴がその先にあるようで、あたりはぼんやりと明るいのだ。見上げれば地底湖の天井には地下茎がシャンデリアのように枝垂れている。その一つ一つに梧桐子の鞘《さや》がへばりついている。実は

もとより生薬になる。何に効くのか知らないが、湖面に浮かぶ梧桐子を蟻たちは果敢に見つけては食べている。ということは、この地下茎こそ青桐の根なのであった。青桐の根の先端から乳液のように白い雫が落ちている。弱い明かりに透かして見れば湖面も乳白色に光り、鼻腔《びこう》をかすめる僅かな気体からは、乳の匂いがした。

地底湖近くまで枝垂れている根の先端まで、路傍の石を怪しく操《あやつ》り移動して、先端から落ちる乳液のような雫を口で受け止めた。間違いなく乳であった。根を手にとるとねばっと吸い付き、先端を口に含めばまるで母の乳首である。やはり母は青桐の子なのか。母が青桐の子なら、私も青桐の子だ。私と同じように青桐の根の先端に食らいついている蟻たちも。そうか、私たちはみんな一茎の青桐の子だったのか。庭の南西に屹立する一本の青桐こそ、私という一人の恋慕生命体の中心軸なのである。

ミラーレイクと瀧考

鏡の国のアリスは、鏡のこちら側から鏡のあちら側へと移動する。すると右と左が全部反転する。けれどもなぜか天地は反転することはない。水平軸ではなく、垂直軸だけが回転するのだ。どうしてなのだろう。横書きに「アリス」と書けば「スリア」と転移するし、アルファベットになると、「Alice」だから「ecilA」と変身する。鏡のメタファーは、ヘレニズムと中世紀に愛好されたという。アレキサンドロス大王の東方遠征によって、ギリシャ文明がオリエントに根付いていく、融合折衷主義《ゆうごうせっちゅうしゅぎ》である。鏡を挟んだ二つの世界が向き合いながら一つになる。そこまで遡らなくても、鏡愛好は、『白雪姫』の仕掛けとしてクローズアップされている。『アリス』もこの系譜の童話といっていいだろう。澁澤龍彦の『高丘親王航海記』でも、第五章「鏡湖」で、余命のなくなった人間の姿を映さない、鏡の湖が出てくる。この鏡湖は、未来を写しているのだ。

カナダを旅行中に、ミラーレイクに遭遇したことがあった。レイク・クルーズの近くの小さな湖で、全く水紋が立たない。静止した、凝固した、ゼリーのような湖面である。地形から風が吹き寄せにくい位置にあるのかも知れない。湖の向こうの切り立ったビッグビーハイブ山が鬱陶しいほど湖面に映っていて、どちらが実像で、どちらが虚像だかわからないくらいだった。となると不思議なことに、両方が虚像のように見えた。虚像が実像を引き摺り下ろしてしまったような、イリュージョンの世界である。ナルキッソスはある日泉水に顔を近づけると、見知らぬ美少年が水面の向こうにいる。なんと美しい！　見続けるままに月日はたち、彼は一茎の水仙になってしまう。自己撞着でも自己陶酔でもない。鏡の向こうの自分を他者と信じたまでのことだ。マジックミラーというものがあるが、鏡のあちら側は見えないけれど、あちら側からはこちらが良く見える。私たちには見えないことも、鏡の向こう側の人は逐一に認識している、そんな不公平な恐ろしい仕掛けが、私たちの生きている何処かにたくさん仕掛けられているようにも思う。鏡の向こう側の人間だけが、鏡のこちら側を黙知し、薄ら笑っているのだ。

バンクーバーからロッキー山脈沿いにカナダを横断して、トロントまで行った。山岳列車や、飛行機にも乗ったが、半分ほどは息子の運転する車での移動だった。途中3泊ほどして、小さな湖のカヌーに乗ったり、山道を馬に乗って散策したりもした。古城のようなバンフ・スプリング・ホテルから歩いて、マリリン・モンローが主演した『帰らざる河』のボウ瀧にも寄った。鬱然とした落差の少ない急流だった。行く道のほとんどが国立公園内のハイウエーで、赤い山が見えれば、「銅が採れる山だね」、前を走る車が速度を落とせば「あそこに熊の親子がいるよ」、白樺林の幹の下2メートルほどが、真っ黒になっているのを見つけると「ムースが樹皮を食べたんだ」。車を降りて雪上車で氷河にも登った。「この氷河も、あと何年もつのかな」、紹介のパネルの写真と比べると、すっかりやせ細ってしまっている。トロントに着いて、息子の部屋で少しくつろぎ、その高層住宅の窓から眼下のオンタリオ湖を眺めて、夕方からまた車に乗った。息子はどこに行くとも告げず「今日泊まるところに移動するよ」と言っただけで、3時間ほども車に乗っただろうか。すっかり日暮れてホテルに入ると、息子は高層階の部屋の窓を指差して「見て」と言った。暗い窓に寄ると、「下!」と言う。視線を落とすと眼下に、巨大な水煙を上げる瀑布が見える。「えっ、ナイアガラ？」女房が叫んだ。

翌日は朝から、ナイアガラ瀑布体験。エリー湖からオンタリオ湖につながるナイアガラ河の途中にある。落差50メートル、幅675メートル、圧倒的な水量に呆然としてしまう。しかしあまりの巨大さに、その地殻変動のダイナミズムばかりが気になって、瀧を楽しめない。神秘というよりも、明らかに地理のヒストリーを読んでいるような、客観性が起き上がってきてしまうのだ。滔々《とうとう》たるナイアガラ河があって、1万年前のウィスコンシン氷河期に出来た地形の断層に、水が落下し続けている。防水服を被った観光客を乗せた船が、ゆるゆると瀑布の落下地点に近づいて行く。マイナスイオンの数値が振り切れる水飛沫の中に向かう。しかし、私の瀧はこれではない。

瀧は、山中を原則とすること。しかも高い位置にあること。上部に川、池、湖といった水源を持たないこと。突然山腹から水を放出していること。水源を予想だに出来ないところから噴出していること。なんであんなところにあんなに水がと、驚愕《きょうがく》するようなこと。そう、瀧山塊《さんき》に潜伏する水が、瀧口に吸い上げられ、上昇して放出しているようなこと。

の水の落下を正しく支えているのは、山塊の伏水のただならぬ上昇であること。毛細管状の水脈に伏水が浸透し、丁度血液のように山塊を網羅し、動脈静脈のように地下水道を組織し、ポンプのように溢れるように瀧口に押し出すこと。そして野放図に崩落すること。水は自らの水圧に圧倒されて地中を上昇すること。太陽熱に煽《あお》られて気化するように軽々と上昇すること。瀧の凄まじい崩落は、恐ろしいほどの地中の水の上昇によって完成されること。そして、私の瀧はバベルの塔を螺旋状に旋回滑走して、結局あたりが異界の水都になる瀧。その瀧群は遠過ぎて、落下音が聞こえない。ただその振動を感知しているだけだ。瀧の崩落を愉楽する地球こそ、水の惑星である。

世界の瀧のポストカードを数万枚コレクションし、自らも多くの瀧の作品を制作している瀧狂王《たききょうおう》の横尾忠則さんは、ついに新丸ビルのグラスウォールに100メートルを超える瀧の大壁画を制作する。と思えば霊界の巨匠、文豪たちと「原郷の森」で芸術談義を繰返し、若くして出会う地底空洞の大聖都シャンバラの探求にも入っている。しかもそのシャンバラで、鞍馬天狗の嵐寛寿郎《あらしかんじゅうろう》とチャンバラをするという遊行《ゆぎょう》を興じる次第だ。そんな横尾さんの啓示を受けて私は何処《いずこ》の風穴から奥深くに潜入して、地底の大聖都に辿り着こうとしていた。目を瞑れば溶暗は始まり、微かに聴こえる水音は遠くの瀧であろう。視覚すればすでに私の両足は広大な鏡湖の中にあり、その湖面には聖都の灯を大反転させた、逆シャンバラが上下相似形に光を放ち輝いている。

ずいぶんたって、私はカナダのあの小さなミラーレイクに潜ってみた。湖面は空の明るい反射も作用して、湖上からは湖底は見えない。湖は周辺を写し出すことで、自らの容姿形態を消してしまう一枚の平面なのだ。そんな無自の状態に限りない興味をそそられたのだ。自らを晒《さら》さない、けれどもそこには、揚々たる秘密の生活があるはずである。小さな岩場の湖畔から、するりと静かに湖水に滑り込むことが出来た。それもそのはず、私の潜っている水中の透明感もさることながら、空を見上げても、水面という言葉が透過して、鏡面内側のスクリーンなど存在しないのだ。なんという非存だろう。固まりきらない寒天の中にいるような、この浮遊感がなかったなら、きっと私は自分が水の中にいるなどということすら、気づかないだろう。

すると、暗い湖底の奥底から、こちらを伺っているような気配が立ち上がり、クフクフと笑う微弱な振動が伝わって来た。そのうち小さな口を開いた魚のようなものが浮かび上がって来ると、それはずいぶんと小さな裸体の人間たちだった。それでも確かに笑いながら、

「ずいぶんと久しぶりのことだよ、よく来たね、逆シャンバラのここに。嬉しいね、水と空の境界線もないようなところだけど、でも私たちは湖面から向こうには決して行かないよ。私たちを隠し続けていてくれる湖面を突き破れば、波紋が出来て鏡が壊れてしまうからね。それに、ここにいる私たちの存在の、信号にもなりかねないだろ。お前は運よくこちらの世界に入ることが出来たから、もうあちらの世界には帰ることはないよ。ここがいいかどうかはわからない。だって比べても仕方ないだろ。でもお前の好奇心がここを選んだ。私たちもお前と同じように、ここの世界がどうしても知りたくて、潜って来てしまったんだね。だからずっと、ここにこうしているだけなのさ」

本作品は、『かいぶつ句集』７６号（２０１４年４月）から、
１１０号（２０２０年７月）に発表のものを加筆、再構成した。
「ソコ湖黒塚洋菓子店」は書き下ろし。
カバーの絵は、ヒエロニムス・ボスの「グリロス」を模写。
「モモドリと宇宙卵」の挿画は、坂口真理子とのコラボ。

［著者略歴］

榎本了壱（えのもと・りょういち）

1947 年、東京生まれ。武蔵野美術大学卒業。
クリエイティブ･ディレクター、プロデューサー。大正大学教授･表現学部長、京都芸術大学客員教授。
著書「つきはひがしに」「川を渡る」「少女器」「佛句」「金魚糞集」「イロハニ鳥獣圖鑑」（以上かいぶつ書店）、「タタラ風の町」（頭手舎）、「ダサイズムの逆襲」（PARCO 出版）、「春の画集」「おくのほそ道･裏譚」（新風舎）、「脳業手技」（マドラ出版）、「東京モンスターランド」（晶文社）他。

幻燈記《げんとうき》　ソコ湖黒塚洋菓子店《こくろづかようがしてん》

2021 年　7 月 17 日　第 1 刷発行

著　者　榎本 了壱

発行所　有限会社 而立書房

東京都千代田区神田猿楽町 2 丁目 4 番 2 号
電話　03（3291）5589 ／ FAX　03（3292）8782
URL　http://jiritsushobo.co.jp

印刷･製本　中央精版印刷 株式会社

落丁・乱丁本はおとりかえいたします。

ISBN 978-4-88059-429-3　C0093